天下阅读

【第六辑】

信仰

《天下阅读》丛书编委会

总策划：毛文凤（教育学博士后）
总主编：钱晓征
编　　委：汪文娟　宋慎之　俞　娇
　　　　　江　燕　韦　颂　夏　秋

吉林出版集团有限责任公司

图书在版编目(CIP)数据

信仰 /《天下阅读》丛书编委会编著. — 长春：
吉林出版集团有限责任公司, 2014. 11
(天下阅读. 第六辑)
ISBN 978-7-5534-5968-4

Ⅰ. ①信… Ⅱ. ①天… Ⅲ. ①散文集—世界 Ⅳ.
①I16

中国版本图书馆 CIP 数据核字(2014)第 256511 号

天下阅读·第六辑	信　仰
主　　编	《天下阅读》丛书编委会
责任编辑	刘　霁
封面设计	朱远如
开　　本	787mm×1092mm　1/16
字　　数	183 千字
印　　张	13
版　　次	2014 年 11 月第 1 版
印　　次	2015 年 3 月第 1 次印刷
出　　版	吉林出版集团有限责任公司
地　　址	长春市人民大街 4646 号　邮编：130021
经　　销	全国新华书店
电　　话	总编办：0431-85600386 市场部：025-66989810
网　　址	www.reading.any123.com
印　　刷	南京玄武湖印刷实业有限公司

ISBN 978-7-5534-5968-4　　　定价：20.00 元

版权所有　侵权必究　举报电话：025-83203215

阅读与生命

文心/文

博尔赫斯问：什么是天堂？

博尔赫斯答道：天堂是一座图书馆。

百科全书、地图册、东方与西方、世纪、朝代、符号、宇宙与宇宙起源的学说，在博尔赫斯那虚浮着冥色的黑暗里，闪现着天堂的光耀与模样。

如伊甸所描述的那样：当我们在读书时，我们不会知道孤独和死亡为何物；我们站在旁观者的立场上对自己的孤独和死亡隔岸观火，灵魂深处豁然开朗，清明高远。

哪怕是生活在最糟糕的环境里，只要有了书，阅读也会让我们触摸到整个喧哗的世界和宏大的宇宙，在这个完全属于自己心灵的世界里，书籍建造了一个独立于外界的世界，这个世界里栖居着令人神往的，古今中外丰富而伟大的灵魂。

与他们对话，我们看到了书页里那无休无止的时间流淌，与他们对话，灵魂开始被唤醒，存在与意义让我们拥有了信仰。

我相信读书是一种仪式，仪式的力量有时甚至超过仪式的内容。读书教会我们的，首先是静，是如何长时间坐着不动，与时间迎面较劲。"孤舟蓑笠翁，独钓寒江雪"，守住心灵之静，炼铸书卷之气，淡然离言说，悟悦心自足。这静就是一种仪式，通过这个仪式我们沉浸其中，忘记了空间与时间，忘记了凡尘与苦痛。通过这个仪式，我们到达另一重境界，思想回归自身，当下即成永恒，经由这个仪式，我们的心灵得到一种高尚的、精神上的锤炼与喜悦。

在任何时候，任何地方，只要不将书丢掉，一切就都不会丢掉，包括我们内心的安然与沉静。只要翻开书卷，经由这个仪式，我们都会回到自己的精神家园。

　　需知这个世界上唯一追求精神并从精神上获得愉悦的动物就是人。获得这种精神的愉悦需要修练，阅读无疑是其中最重要的方式。阅读让我们变得敏锐，有了发现从前的力量，更有了辽阔无际的前方。它让我们的心灵宛如秋天雨中的池塘，逐渐丰盈，也让我们的灵魂慢慢丰富起来。

　　真正好的阅读，必须被打开，必须让人往深处探寻，理解它的真意，书间如梦，一樽还酹江月，只有读进去了，成为自己的思想，或者与我们的思想水乳交融，达到千江有水千江月，万里无云万里天的境地，才算是真正的有生命的阅读。

　　有一天，当我们在阅读中，修养了属于自己的，纯粹且坚定的灵魂；拥有了不需要任何外力来支撑的，生命本身最坚实的力量，那么从此以后，再也不会有任何一种其他的，外在的力量能使我们违心屈从。阅读最终也就让我们获得了一种最崇高的自由，一种最纯粹的快乐，成为生命里，随时间而流淌，无休无止的幸福。

尊严最贵

李承鹏/文

《左传》里讲了这么一个故事：齐国有个大大的花花公子叫齐庄公。齐国有个大大的美女叫棠姜。有一天，齐庄公看到美得不可方物的棠姜，辗转反侧、夜不能寐，终和她暗通款曲。可这件事被棠姜的老公崔杼察觉。那天他趁齐庄公与棠姜幽会时，安排武士们将其乱刀砍死。

崔杼是个猛人，也是齐国重臣。他对前来记载的史官说：你就写齐庄公得疟疾死了。史官并不听从，在竹简上写"夏五月乙亥，崔杼弑其君光。"崔杼很生气，拔剑杀掉史官。史官死了，按照当时惯例由其弟继承职位。崔杼对新史官说："你写齐庄公得疟疾死了。"新史官也不听从，在竹简上写"崔杼弑其君光。"崔杼又拔剑杀了新史官。然后更小的弟弟写下同样的话，同样被杀。最后是最小的弟弟。崔杼直视着他，问："难道你不爱惜自己的生命？"年轻的史官继续写下"夏五月乙亥，崔杼弑其君光。"崔杼愤怒地把竹简扔到地上，过了很久，叹了口气，放掉史官。

有人问我为什么要写作。我告诉了他这个故事。而我恰恰要强调的是这故事让我一开始就很拒绝写作。它表明，写作纯属一件找死的事。像我这么庸俗的人当然不会干一件吃力还找死的事，加之家族里从文者悲凉的命运，文学出身的我就曾花了很长一段时间去玩一种毫无风险的游戏，并暗自庆幸。可渐渐地，我发现另一种风险。规则明明规定一场比赛由两支球队进行，实际上却不是这样的。一名球星告诉我："那天我上场一看，快哭了，因为有队友把球往自己家门踢，场上就是三支队了。可是踢着踢着我又笑了，因为对方也有人把球往自己家门踢，就是四支了。直到散场时我终于确定，其实共有五支队，因为，还有裁判……"

我是在这样的情形下渐渐意识到一个叫"尊严"的东西是存在的。哪怕游戏也要有尊严，我不能无视两支变成了五支，更不能接受自己的工作就是长期把五支证明成两支,并证明得文采飞扬的样子。这个不断修改大脑数据库的过程让我痛苦不堪,越发失去智力的尊严。我从文学躲到游戏,在一间没有尊严的大屋子里,任何角落都猥琐。又去看开始的故事,才注意到它还有个结尾:那个史官保住性命,拣起竹简走了出来,遇上一位南史氏,就是南方记载历史的人。史官惊讶地问:"你怎么来啦。"南史氏说:"我听说你们兄弟几个都被杀死,担心被篡史,所以拿着竹简赶来记录了。"我觉得这个结尾更震撼,前面的史官因坚持自己的工作而死,南史氏则是主动找死。这叫前仆后继。有种命运永远属于你,躲无可躲,不如捧着竹简迎上去。

当然,我做不出南史氏手捧竹简沿着青石板路直迎上去那犹如彩虹挂天穹的壮丽景象,只是低头琢磨寻常巷陌一些故事、小小的常识。这些故事和常识,全世界人民都知道。只不过我们曾经丢失,或假装丢失了……我一直尝试给这些事和常识找出统一的特征,后来才明白,这其实是尊严。

比起思维的结果,思维本身就是一种尊严。只是总有人放弃了这过程,放弃去想,为什么世界上最快的动车可以被一记闪电击穿,世界上最幸福的孩子们的校舍,倒塌之后竟没发现什么钢筋。所以说尊严也是一种记忆。

尊严如此奇怪,它并不值钱,可是我们仅有。尊严本身不是作品,却能让你通体放光,两眼澄明,自己是自己最好的作品。

这些道理,全世界都知道。

【摘自《读书文摘·经典》2013年第8期】

总　序
卷首语

相信不相信

002　相信不相信·龙应台
003　我相信·白桦
006　我相信会找到妹妹·王发财
009　笃定做自己·孙君飞
011　一把空了55年的椅子·李良旭
014　一生一事·陈东霞
016　一生做好一件事·池莉
018　永远的禁区·吴作望
020　天使在叩门·【美】多蒂·沃特斯　庞启帆/编译
022　必须的力量·王开岭

昼信基督夜信佛

025　昼信基督夜信佛·史铁生
028　佛　鼓·林清玄
031　等一等我的灵魂·白岩松
034　母亲的神灵·摩罗
038　我的藏药丸子·王鲁湘
042　藏住苦难·流沙
044　亚马逊总裁普林斯顿毕业演讲：
　　　善良比聪明更难·【美】杰夫·贝佐斯
047　我们和我们的信仰·宋石男
049　真相常流失于涕泪交加中·柴静
051　风　骨·马付才
053　废墟上的阅读者·冯磊
056　花开的方向·包利民
058　真主在苏丹坐公共汽车·【澳大利亚】克莱儿·
　　　　哈里斯　彭嵩嵩/编译
063　善良是个连环套·汤小小

爱怕什么

067　爱怕什么·毕淑敏

069	她老了·陈晓辉
072	我把少年寄给你·清忧
076	约　会·羊白
079	大悲咒·丛桦
083	特别的钟表·汤圆林
084	爱越多,越爱表达·【美】梅尔·布兰科　韦盖利/编译
087	活着,是为了爱·【捷克】米兰·昆德拉
088	为爱担保·【巴西】尼曼　徐立新/编译
090	你是我的药·张毅静
093	和在一起的人慢慢相爱·慕容莲生
097	酸　奶·李耿源

带着梦想的微光上路

100	带着梦想的微光上路·小鹏
102	渐行渐远的梦想·朱学东
105	理想是最接近现实的东西·陈得　半生君
106	带着空瓶子上路·汤圆林
108	在怀疑的时代更需要信仰 ——北大中文系2012年毕业典礼致辞·卢新宁
111	别把梯子放错了墙·孙江林
112	生命给了我那只老虎·金星
116	给孩子付出爱的机会·刘墉
118	高贵的慈善·李良旭
120	种好自己的瓜·雷茂盛

绝路成就"攀爬之王"

123	绝路成就"攀爬之王"·孙建勇
125	沉重的头巾·【约旦】法蒂娅·法琪尔　彭嵩嵩/编译
126	不背叛生命·姓罗名强
131	失败亦伟大·梁文道
133	濒临毁灭的冒险·佚名
134	最艰难的那一刻·王石
137	看不见的盛宴·刘宇婷/编译
139	贝尔法斯特女王大学的特别新生·孙建勇

141	一个美国"北漂"的奋斗·佚名
143	海明威魔咒·玛丽尔·海明威　彭嵩嵩/编译

不要去找丢失的印信

147	不要去找丢失的印信·清风慕竹
148	最大限度地逼近真实·毕淑敏
151	红尘里的坚守·包利民
153	毁了画，却修了心·张珠容
155	不露痕迹地施与·周礼
157	原　谅·尤今
158	从伪君子做起·姜钦峰
160	人生是选择的总和·俞敏洪
161	尊重别人就是尊重自己·刘墉
163	改变命运的咳嗽·程刚
165	选　择·唐宝民
167	大山深处的土屋·周海亮
169	两盒火柴的温暖·顾晓蕊

幸福在哪里

173	幸福在哪里·白岩松
176	扫土记·鲍尔吉·原野
178	来自天堂的光·琴台
180	流浪汉与我的大学·陈倩儿
182	等待美丽·包利民
184	书籍是空气·尤今
186	季节的缝隙·璎宁
188	低　调·冯骥才
190	世界是用来探险的·蔡康永
192	棉花里的父亲·章中林
194	一位油漆工的涂鸦·汤小小
196	过接地气的生活·孙君飞

相信不相信

　　信仰源于相信,罗曼·罗兰曾说过:"先相信自己,然后别人才会相信你。"相信的力量是相互的,从己身出发,把自己的信念传达给他人,力量的传递之下奇迹总能遂人心愿。

　　"不一于汝,而二于物",相信专注是信仰里最为极致的境界,在专注中看到自我的真实,用持久的耐力和信心从一而终,更是对自己信念的忠诚。

相信不相信

◎龙应台

二十岁之前相信的很多东西，后来一件一件变成不相信。

曾经相信过文明的力量，后来知道，原来人的愚昧和野蛮不因文明的进展而消失，只是愚昧野蛮有很多不同的面貌：纯朴的农民工人、深沉的知识分子、自信的政治领袖、替天行道的王师，都可能有不同形式的巨大愚昧和巨大野蛮，而且野蛮和文明之间，竟然只有极其细微、随时可以被抹掉的一线之隔。

曾经相信过正义，后来知道，原来同时完全可以存在两种正义，而且彼此抵触，冰火不容。选择其中之一，正义同时就意味着不正义。而且，你绝对看不出，某些人在某一个特定的时机热烈主张某一个特定的正义，其中隐藏着深不可测的不正义。

曾经相信过理想主义者，后来知道，理想主义者往往经不起权力的测试：一掌有权力，他或者变成当初自己誓死反对的"邪恶"，或者，他在现实的场域里不堪一击，一下就被弄权者拉下马来，完全没有机会去实现他的理想。理想主义者要有品格，才能不被权力腐化；理想主义者要有能力，才能将理想转化为实践。

曾经相信过爱情，后来知道，原来爱情必须转化为亲情才可能持久，但是转化为亲情的爱情，犹如化入杯水中的冰块——它还是冰块吗？

曾经相信过海枯石烂作为永恒不灭的表征，后来知道，原来海其实很容易枯，石，原来很容易烂。雨水，很可能不再来，沧海，不会再成桑田。原来，自己脚下所踩的地球，很容易被毁灭。

二十岁之前相信的很多东西，有些其实到今天也还相信。

譬如国也许不可爱，但是土地和人可以爱。譬如史也许不能信，但是对于真相的追求可以无止尽。譬如文明也许脆弱不堪，但是除文明外我们其实别无依靠。譬如正义也许极为可疑，但是在乎正义比不在乎要安全。譬如理想主义者也许成就不了大事大业，但是没有他们社会一定不一样。譬如爱情总是幻灭的多，但是萤火虫在夜里发光从来就不是为了保持光。譬如海枯石烂的永恒也许不存在，但是如果一粒沙里有一个无穷的宇宙，一刹那里想必也有一个不变不移的时间。

那么，有没有什么，是我二十岁前不相信的，现在却信了呢？

有的，不过都是些最平凡的老生常谈。曾经不相信"性格决定命运"，现在相信了。曾经不相信"色即是空"，现在相信了。曾经不相信"船到桥头自然直"，现在有点信了。曾经不相信无法实证的事情，现在也还没准备相信，但是，有些无关实证的感觉，我明白了，譬如李叔同圆寂前最后的手书："君子之交，其淡如水。执象而求，咫尺千里。问余何适，廓尔忘言。华枝春满，天心月圆。"

相信与不相信之间，仿佛还有令人沉吟的深度。

我们总是在相信与不相信之间挣扎。

【摘自新快网－新闻－娱乐2012年7月16日】

我相信

◎白　桦

1938年，日本侵略军的铁蹄正在从华北向中原袭来，8岁的我跟着父母客居在武汉。音乐家冼星海正发动救亡歌咏运动，大江两岸人山人海，齐声高唱同一首歌《中国不会亡》。

——我相信！

秋天，故乡沦陷，父亲被日本侵略军活埋，这就宿命地决定了我后来的去路。悲情人生，激情澎湃，舍生忘死，苦苦追寻，认定"革命"是唯一高尚的追求，"革命理想"成为我的全部，成为我的未来。于是，千方百计，义无反顾，舍生忘死，投奔沙场。1948年初冬的一天，在进军淮海平原的路上，络绎不绝的小车和我军大队人马并行。我问一位推车的农民大嫂："你们小车上推的是什么？"

"白面。"

"你们家还有存粮吗？"

"有，不在窖里。"

"在哪儿？"

"在地里。"

"地里？什么庄稼？"

"麦子。"

我环顾白雪覆盖的中原大地，麦苗还没出芽呢！我情不自禁地哭了。我想起一个战国时代越王勾践讨伐吴国的故事。在10年生聚，10年教训以后，越国复仇之师在河边誓师出征，越国一位老者把存了10年的一坛美酒献给勾践，勾践没有独自享用，当即倾入河中，下令全军迎流而饮。无论古今，这样的军队必胜。

——我相信！

对我来说，1957年春天那场猛烈的反右运动，如同晴天霹雳一般。做梦也没想到，我这个"自己人"也被戴上了一顶"资产阶级右派分子"桂冠。

我的家是一个新婚燕尔的二人世界，妻子王蓓是年轻的电影演员，等我回到家，她的目光仍然如往日般充满温情。后来，她还多次到我劳动改造的场所陪我加班干活。

那时我发现，我低估了她。不仅低估了她，也低估了我的老母亲。母亲在八年抗战期间，曾经靠拾麦穗、剥树皮把我们5个年幼的兄弟姐妹拉扯大。一个字不识的山里女人，善良、软弱，却不得不在日军宪兵队审讯室里面对凶神恶煞。1958年夏天，她千里迢迢来看望我。刚从轮船上下来的母亲，当即发现了我的极度沮丧，她小声在我耳边说："对娘说句真话，真的是你错了吗？"

我摇摇头。

停顿了好一会儿,她老人家又问了一句:"……还给你发粮票不?"

"给。"

"给粮票就行,叫媳妇生个儿子。"

两年后,癌症手术后的妻子无视医生的劝阻,冒险为我们生下一个儿子。我最亲近的两位女性,在我大难临头的时候,没有讲过一句抱怨或开导我的话。

——我相信!

一个年轻当红电影明星,突然因为丈夫的原因,被列入"限制使用"的另册,她竟然那样自然地接受下来,毫无怨尤。我在工厂里劳动改造,每两个星期才能回家一次。一个周末,妻子在摄影棚上夜班还没有回家,疲惫不堪的我回家之后倒头便睡,黎明时分醒来,发现妻子通宵未归,走到窗前才发现,她正坐在门廊台阶上打盹,丁香花从她头顶上纷纷扬扬地飘落。一问才知道,她在子夜时分就回来了,怕开门惊醒我,就坐在门外等待晨光。又有很多年了,没有机会重访往日的居所,那里的门廊下依旧是丁香似雪吗?

——我相信!

一位法国作家曾经这样问过我:"您还在守望着您的理想吗?"

我回答说:"我守望的只剩下了一条底线。"

"那是一条什么样的底线呢?"

"善良的民众不再蒙冤,不再蒙羞,不再受蒙骗。"

"这条底线可不算很高啊!"

"可我以为,这条底线在有些地方仍然高不可攀。"

——我相信!

如今,一双耄耋老人相依为命,总应该平静下来了吧?不!5年前,妻子又罹患阿尔茨海默症,暮年的天空,立即一片阴霾。妻子有时会把我误认为是她早年仙逝的父亲,准确地说,是父亲和丈夫的重合,管我叫"老爸",或者"老爷子"。据我所知,她自幼缺少父爱，父亲是个无暇顾家的人，生前总是在他那小小的钱庄里忙忙碌碌。自她17岁从父亲手里接过一个小皮箱，随着电影导演孙瑜离家去上海以后，就再也没见到父亲了，在父亲辞世的时候，战乱阻隔了回乡之路，未能和父亲诀别。

我发现，如果说她已经完全失智，是不对的。她有一根弦始终没有被割断，那就是我和她之间那根弦。我是她唯一认识的人，顿顿服药、吃饭、喝水，都要让我首肯。"老爸！这能吃吗？这能喝吗？"每当我要外出的时候，问她："你在家休息吧。"她总是像孩子那样回答我："我不总是跟着你的吗？"我只好带着她，即使开会，她静静地坐在一旁，微笑颔首，一言不发，谁都不会把她当做病人。当我一定要独自外出的时候，她会大喊："你想想，我能单独留下吗？"她隐隐约约地能意识到自己独处时没有安全感。是的，万一我不得不从她身边离去，那将不是我一个人的灾难。

——我相信！

最近，我8岁的小孙女聪慧，无意中听到爷爷在碟片里朗诵诗歌的声音，她立刻就安静下来了，坐在一张小板凳上，低着头，一动也不动了。等到她抬起头来的时候，我发现她的脸上都是泪水。她还那么小，就懂得爷爷了。

【摘自《南方周末》2013年5月9日】

我相信会找到妹妹

◎王发财

意大利北部的一个小镇，夜出奇地静谧。母亲下班回来后，寂寞了一天的小马里奥·卡佩基扑上前来就搂着妈妈的脖子不放："妈妈，我一个人在家不好，很无聊！"

"宝贝儿，妈妈知道，可妈妈要工作养活你啊。不过妈妈想再生个宝宝,这样,妈妈不在家的时候你就不会寂寞了!"母亲说。"真的啊,妈妈?那你要给我生个小妹妹!"小马里奥·卡佩基兴奋地说。直到睡觉的时候,小马里奥·卡佩基仍然沉浸在喜悦中。

星星都慢慢地从山那边爬了出来,月亮女神从寂寞的小马里奥·卡佩基的梦境中滑过后,不经意地摇摆了下裙裾,旋即帮他完成了心愿——一年后,母亲生下了一个可爱的妹妹。

小马里奥·卡佩基很喜欢小妹妹,没事的时候就守在摇篮边,故意用手指头去戳她的小脸小嘴逗她,看着妹妹如花的笑靥,小马里奥·卡佩基开始在心中想象着妹妹日后定如公主般美丽。但,和妹妹在一起的快乐和美好的憧憬,并没有在小马里奥·卡佩基的生活中持续多久。随着一阵阵轰隆隆的枪炮声和防空警报的响起,祖国卷入了二战,爸爸被迫去了前线,且不到三个月传来了战死的消息。

天色已经很晚,黑暗笼罩下的世界格外的阴森恐怖,小马里奥·卡佩基抱着妹妹透过门缝儿焦急地向外张望,母亲已经两天没有回来了:"妈妈,你是不是不要我们了,为什么还不回来?"其实小马里奥·卡佩基不知道,此时的母亲已经被纳粹抓走,并关进一个集中营里。

第二天一早,小马里奥·卡佩基决定出去找找妈妈,顺便找点吃的。当他把妹妹放在卧室中安顿好后,就走出了家门。在外转悠了小半天的工夫,小马里奥·卡佩基弄了些面包,在往回赶的路上,防空警报响起,炸弹如雨点般倾泻而下。等他醒来时,已经被一位好心人带离了自己的城市,正随着大批难民向南走去。

"妹妹还在家里,我要回去找她,我要回去找她!"小马里奥·卡佩基呼喊着。

"你还找什么呢?炸弹已经毁掉了整个城市!"同行的人悲戚地说。

"不,我相信她还活着,我能找到她!"说完,小马里奥·卡佩基就往回跑,但除了满眼的废墟、瓦砾和尸体,几乎没有搜寻的可能。小马里奥·卡佩基开始露宿街头,和其他无家可归的孩子混在一起,多数时间都饿着肚子,这种苦难生活直到三年后二战结束才好转。

出狱的母亲在意大利的大街小巷寻找了他一年。最后,她在一桥墩下居住的流浪儿中找到了卡佩基,母子抱头痛哭。接下来,他们决定寻找妹妹,但寻遍了意大利各处都杳无音信。

两年后,母亲决定带着卡佩基去美国谋生。此时的他们仍然没有放弃寻找妹妹,母亲把意大利各大寻亲机构寄来的密密麻麻长串长串的名录,反复看了不知道多少遍,但就是没有女儿的音讯。

"孩子,妹妹可能真的找不到了!"母亲沮丧地说。

"妈妈,我相信可以,我相信她还活着!"此时,小卡佩基已经上学了,当时的美国遗传和生物学家沃森发表了关于DNA三链模型的研究报告,并声称,将来人类有可能通过DNA在千千万万人中进行个体、亲属和种群的识别,但这仅仅是设想,现阶段仍处在研究中。卡佩基看到这则消息后,兴奋异常,并开始对遗传和生物学产生了浓厚的兴趣。

此后,心中的夙愿点燃了卡佩基的激情,他不仅获得哈佛大学生物物理博士学位,而且师从DNA双螺旋结构发现者、诺贝尔生理学和医学奖获得者詹姆斯·华生,一直致力于遗传学研究。1991年,卡佩基入选美国国家科学院,2002年成为欧洲科学院院士,并且是美国犹他州医学院著名教授、人类基因系两位主任之一。2007年10月8日,瑞典卡罗林斯卡医学院宣布,将2007年诺贝尔生理学及医学奖授予卡佩基和另外一位科学家,以表彰他们在"基因靶向"技术方面的突出贡献。此时的卡佩基已经70岁。

天空几朵云彩在飘泊,夕阳迟迟不忍落下,熟悉卡佩基的朋友都知道,他还有一个愿望没有实现。就在此时,玛列妮从奥地利报纸和电视上看到马里奥·卡佩基的名字时,不禁激动得浑身颤抖。她感觉这位诺贝尔奖得主很像她在意大利时"死去多年"的哥哥!不久,玛列妮将一组近照传给了远在美国盐湖城的卡佩基。收到照片后，卡佩基一眼便认出了和母亲长得实在太像的妹妹。

2008年5月23日，这对失散六十多年的兄妹终于在意大利北部的一个饭店重逢。虽然卡佩基不会说德语，玛列妮不会说英语，而两人又都不会说意大利语，但他们的两颗心却在不停地对话。两位年已古稀的老人各自拿着对方的照片，紧紧相拥、泪如泉涌。

事后，卡佩基对媒体说："我最初搞遗传学研究，没有什么宏大的梦想，只是想通过研究遗传学找到二战失散的妹妹，虽然多年来我尝试很多途径都没有音讯，但我知道她还活着，我不会放弃，我坚信总有一天会和我的科学梦想一样实现这个目标。这不，上帝让我实现了！"

【摘自《天天爱学习（四年级）》2012年第4期】

笃定做自己

◎孙君飞

我一直梦想着自己的人生会有一些美的东西。

老师告诉我，请去看看一朵花是怎么开放的。

我去看含笑花，看百合花，看栀子花，看玉兰花，每一种花、每一朵花都是不同的，都是美的，我比较不出谁更美，谁更值得我喜欢。

老师说，我解释得再多也比不上一朵花的启示。你的感觉是对的，每一种花都没法取代另一种花，相同种类的花也是这样，"另一种物种没法取代才构成美的条件"。美的人生同样如此，无论是谁都没法取代你自己，笃定地做自己就是大美。

笃定做自己。

这句话让我如梦初醒，感到一阵心灵的震颤。多少个日子被我白过了,我想成为这个,又想成为那个,反而常常忘记了做自己,一个没有独立思考和内心生活的人,怎么会是美的呢?

那么,请让我回来做自己吧!

卢梭说过,上帝把一个人造出来后,就把那个属于他的模子打碎了。

因此,没有第二个"你",也没有人能够代替你感受人生;你对自己不满意,或者总是按照别人的意见生活,丢掉原点去盲目改变,去习惯模仿,去刻意顺从,都是不会成功的,都是不美的,因为所有的模子在生命诞生后都被打碎了,你不可能另起炉灶,再造模式。

即便能造,人造的模子也是僵死的,在造成的时候就意味着僵死,是更需要打碎的——难道这种模子比上帝的模子还完美吗?

经书上也讲:"一个人得到了整个世界,却失去了自我,又有何益?"因此,人的最大觉醒难道不是——你看到了自己,看到了人吗?

很多人认为美只在身外,采到一朵花就是得到花的美。这是不对的,看到自己的美,实现自己的美,才能发现身外的美,才能知道怎样会让生命同美共长久。

不但能够笃定地做自己,也能够让一朵花笃定地做自己,而不是采走它独自占有,这才是美与美的相依共生、天长地久。

笃定地做自己,就是要回到自身,回到生命的原点,回到一朵花,回到树木之下、阳光之中,然后从容地活,慢慢地活,相信万物与人的善良互爱,相信生命和心灵世界,相信永恒价值和美的力量。

有人说:"从容本身就是优美的,从容中自有一种神性。"

所以说,不是越忙碌越拥有自我,越富有越显得美。恰恰相反,很多人都是越忙碌越失去自我,越多占有越不够优雅。

为什么会这样?

一位作家讲,美最大的敌人正是"忙","忙"这个字讲的就是"心之死亡"。一个人越繁忙,他的心灵就越枯竭,感觉就越迟钝麻木，又怎么会发现星月之美、山川之美和天地之美呢？

谁见过忙着改变自己、心绪多多、四处扩张的一朵花吗？

花以笃定绽放为美，花以捍卫自我为美，花以我与时光相偎相依、动静协和为美。

忙对于很多人来说已经成为常态，问题是他们认为常态就是正常，不忙才是异常，他们连忙里偷闲都做不到了。

那么，这么忙、那么忙，到底为的是什么？

应该看到，很多人的忙都是误认为外部世界就是一切，因为恐惧错过而马不停蹄，匆匆追赶。可是事实是，我们接触到的外部世界永远有限，外边的任何东西都不能彻底解除我们心灵里的饥渴。

觉悟到外部世界的有限，在忙碌中保持一份从容淡定，找到并守望自己，不再追求场面上的东西，而是回到最初，细致生活，相信细微事物的力量，让岁月静静地沉淀，缓缓地流逝，自然而然地衍生出一种精神上或者物质上的财富和不可替代，那时候是真的美，真的幸福，真的拯救。

"你的人生是否有意义，衡量的标准不是外在的成功，而是你对人生意义的独特领悟和坚守，从而使你的自我闪放出个性的光华。"

所以，活得像一朵笃定、美丽的花，甚至像花那样没名没姓，却真实而长久地做了自己一回，有创造、有智慧、有心灵的满足、有真正的信仰，这里面还能有什么空白和遗憾呢？

【摘自《思维与智慧》2012年第7期】

一把空了55年的椅子

◎李良旭

55年前，那是一个秋雨绵绵的日子。连绵不断的秋雨，淅淅沥沥地,让人心里溢满了惆怅。在东北一个城市火车站,一个金发碧眼的俄罗斯年轻女人,脸上溢满了一种浓浓的不舍和留念。她回过头去,再一次深情地凝望,眼眶里顿时噙满了泪水。突然,她仿佛下了很大决心似的,一只手牵着一个6岁的小男孩,一只手牵着一个8岁的小女孩,坚定地走向了检票口。她们就要进入火车站,坐上开往苏联的火车了。

突然,从人群后面气喘吁吁地跑来一个中国青年,从她手里一把拽过那个小男孩,对那位俄罗斯女人说道,你要回苏联去,就把儿子给我留下来。

那位女人看着小男孩,眼睛里流下晶莹的泪花。然后坚定地说了句,那好吧,那女儿我带走。

小男孩不知眼前究竟发生了什么,睁着一双懵懂迷惘的眼睛,说道:"妈妈、姐姐,那你们先回苏联去吧,我和爸爸在中国再待上一个星期,然后就去苏联,我们再团聚。"

望着徐徐开往苏联的火车,小男孩挥着手,不停地向妈妈和姐姐挥舞着。火车渐渐地消失了,小男孩看到铁轨的尽头,有一抹金色的阳光,光华万丈,很晃人眼。

没想到,只说是要分开一个星期,却是一个遥遥无期。小男孩数了一个星期,又是一个星期,这一数,竟数过了整整55个春夏秋冬。他和妈妈、姐姐再也没有团聚过。

这位俄罗斯女人名叫瓦莲金娜·尼古拉耶夫娜。作为当时苏联援建中国的专家,瓦莲金娜在中国结识了一名年轻、英俊的中国青年。两人从相识、相知到相恋,最后结为连理,并先后生育了一个女孩和一个男孩。男孩的中国名字叫黎远康,苏联名字叫鲍利亚。援建任务完成后,瓦莲金娜要求她的中国丈夫和她一起回苏联。可是,她的中国丈夫执意要留在中国。就这样,两人一人带着一个孩子分开了。从此,天各一方,一家人再也没有相聚,最后,失去了所有的联系,再也没有相见。

当年只有6岁的小男孩,如今已是两鬓斑白的花甲老人了。但是,在老人心里一直有一个心愿,那就是想再见一见自己的母亲。梦里多少回,当年车站分别的情景,在自己脑海里一次次地闪现……

在他家餐厅里，摆放着一把椅子。这把椅子一直是空着的，没人坐过。黎远康常常对着这把椅子，喃喃地说道，妈妈，您在哪里呀，这把椅子一直是给您留的呀！

黎远康的妻子、儿子和女儿，都知道这把椅子的故事。她们知道，这把椅子是留给自己未曾见过面的婆婆、奶奶坐的。黎远康讲述这把椅子的故事时，泪水一次一次地打湿了他们的心田。全家人都对这把椅子看得无比珍贵。每天一次次地轻轻擦去上面的浮尘，倾注着的是全家人的一片深情和呼唤。

2010年12月，当黎远康得知中央电视台与俄罗斯国家电视台联合举办大型跨国寻亲《等着你》后，黎远康以最快的速度向节目组要求帮助寻找自己的亲生母亲瓦莲金娜·尼古拉耶夫娜。在中俄两国电视台精心帮助和努力下，失散达半个多世纪的母亲终于找到了。

年迈的瓦莲金娜怀着激动的心情，带着女儿，从莫斯科来到了北京的演播大厅。母子俩终于在这里相见了。

当黎远康见到母亲的一刹那，立刻跪在了母亲的脚下，抱着母亲的双腿，泣不成声。母亲瓦莲金娜弯下腰将儿子轻轻地搀扶了起来。黎远康紧紧地拥抱着母亲，用一只手轻轻地捶打着母亲的后背，嘴里喃喃地说道："妈妈，55年啦，我无时无刻不想念您呀！"

母亲瓦莲金娜也用手轻轻地拍打着黎远康的后背，抽泣道："孩子，55年了，我也无时无刻不想念你呀！"

那一刻，现场上的观众和电视机前的我被深深地感动了，泪水一次一次地模糊了人们的眼睛，人们心中溢满了柔软。

【摘自《青年博览》2011年第17期】

一生一事

◎陈东霞

最初被一张摄影照片触动,是看到南非著名摄影师凯文·特拍摄的《鹰》。

一只高大的鹰,紧盯着一个赤身裸体的小女孩,这个小女孩正艰难地向食品发放中心爬去……1993年苏丹大饥荒,饿殍遍野,满目疮痍。这幅照片展示了整个非洲大陆的绝望。摄影师飞快地拍下这个场景后,就迅速地赶走了那只兀鹰,然后坐在地上痛哭失声。

朋友林君是个普通人,他有个爱好,喜欢摄影,摄的全是鸟。他摄的鸟一年比一年多,一年比一年好。鸟的姿容、鸟的表情、鸟的动态、鸟的沉默如金抑或鸟的脉脉含情,都被他拍活了。

从鸟的出壳开始,到鸟的飞翔、鸟的迁徙,甚至有饿死的鸟,还有"见义勇为"牺牲的鸟,也被他庄重地拍下,拍下却不像是只死鸟,像是一只睡美鸟,令人啧啧称叹。

由此,我感觉出,林君拍摄的每一幅鸟照,都注入他的深情,寄托着他真诚的感情世界。那些在高空中飞翔、两翅扑棱的鸟,在枝头上歌唱、无比欢快的鸟,在风雨中淋湿却又昂头挺胸的鸟,在绿树丛林中觅食还不忘填自己孩子一口的妈妈鸟,鸟鸟相互比美,只只呼之欲出。

鸟儿是自由的,而他就不是那么爽了。林君供职于一个体制内的单位,错综复杂的人际关系,谨言慎行如履薄冰,使他常感窘迫和压制。他也能理解有些长袖善舞的人,这也是人家的天赋,而自己恰恰不具备。不具备就不要吃不到葡萄说葡萄酸。做点儿自己的事情吧——拍鸟。

他远离尘嚣,心无旁骛,放下一切俗念,不取巧,不偷懒,用心体贴,他便把他的鸟全拍活了,拍得让人听得见鸟儿扑翅的声响。

有人揶揄他,拍鸟有什么用啊,又不能当饭吃。他说,这不是他的生计所需,而是他的一个爱好。拍了那么多的鸟照放在家里,他常常自我欣赏,喜不自禁。这些鸟照,看似没有什么实际用处,但它的存在并不因没有现实的利益而打折。其实,没有现实的利益便是最大的利益。专心拍照,心地纯粹,排解了很多烦扰,更让他在工作中情绪饱满,精神振奋。他觉得,过去厌烦的人其实并不那么面目可憎。感受到别人的存在,自己也获得心灵的轻盈和洁净。

拍鸟的时间长了,林君自然也成了半个鸟类专家。近年来,随着他拍鸟的名气渐大,中科院在青海、新疆等地举行的鸟类考察与保护项目,常常特别聘请他前往参加。不仅如此,他还作为鸟类专家参加过空军的一次飞行事故的论证。有一次,某机场有飞行事故,怀疑是飞鸟被吸入发动机所致。但机场方面驱鸟的工作做得到位,不可能有鸟进入。而林君则给出了一个惊人的结论,进入飞机发动机的不是鸟,而是一种能飞到两三百米高的大型甲虫。有的专家认为甲虫不可能飞到那么高,但林君用他的照片给出了证明:在两百多米高的空中,一只大鸟正在捕食一只大型甲虫。那只甲虫是他拍鸟的副产品,不想却意外地解了飞行事故之谜。但林君最自豪的是:"看见了没有,我拍的这些鸟儿,不是背我而逃,而是都想和我说话,说明鸟儿把我当成了自己的朋友。"

这使我想到法国画家雷杜德,他一生就是画花,主要是画玫瑰花。他远离权贵和名利,任凭法国大革命时兵荒马乱政权更迭,也不管人头落地血流成河,他只管画他的花,画他的玫瑰。整整画了二十年,最后画成了一本经典的《玫瑰图谱》。

一生只做一件事,做好一件事,自知、自制、纯粹。正如林君所说:"人生不长,时间不多,用完为止。"

【摘自《意林》2013年第12期】

一生做好一件事

◎池 莉

　　一个人一生可做的事情很多,但世上不知多少"聪明人",一生没有做好一件事。在很长一个人生阶段里,我只长年岁不长心眼儿,想来真是痴长。

　　从前,我外婆家的屋后有一座大园子,园子里头长满花木蔬菜和中草药,芙蓉花、鸡冠花、桃树、垂柳、小白菜、香葱、车前草、鸡血藤等混长在一起,引得蜂来燕往蝶飞蚓爬,使儿时的我玩得十分着迷。后来这种私家的园子很快就没有了,支援了国家建设。园子变成了一座丝织厂,整日整夜"哐当哐当"地响。从此,我一直心怀渴望,非常想养花种草。渴望与日俱增,可多年来偏偏是没有机会,既没有自己的住房也没有自己的一寸土地。十几年熬过去,去年分得一套公寓,奔到阳台上一看,发现竟然留了养花槽。这一高兴,头脑发热,不知不觉拿业余爱好当了正经事做。一连好些日,提着篮子和小桶,四处挖湖泥。在忙了一阵之后,花种上了,草也养上了,菜籽儿也撒上了。然后,抱着肩来来回回欣赏,倒真有一种了却了某个夙愿的感觉。以后每逢出差或笔会,凡遇上奇花异草,都挺执著地弄点回来栽进盆里。可是到了秋季,结果并不理想,葡萄才结了几颗,花儿没开几朵,从庐山植物园特意带回的碗莲之类的也都死了。怎么回事呢?

　　为此,我特意找了本《花经》来读,读着读着,心中渐亮。合上《花经》,扔下花铲,淡然一笑:我不再养花了。

　　《花经》记叙了作者之父黄岳渊先生的一段经历。黄岳渊先生在宣统元年本是一名朝廷命官,斯时年将三十。有一日黄先生想:古人曰三十而立,我该如何立人呢?他想,做官要应付人家,做商又要坑害人家,得做一件得兴趣的事才好,才算立了为人的根本，于是，黄先生毅然辞官隐退，他购买田地十余亩，聚精会神，抱瓮执锄，废寝忘食，盘桓灌溉，甘为花木之保姆。果然，黄家花园欣欣向荣，蒸蒸日上，花异草奇，声名远扬。每逢花时，社会名流裙屐联翩，吟诗作赋。更有文人墨客，指点花木，课晴话雨。众人深得启示：混浊之世，百无一可，唯花木差可引为知己。

据说当时的文坛名人周瘦鹃、郑逸梅等人皆为黄先生的花木挚友。黄先生养花养出了精神，养出了人间知己，恐怕这才叫养花种草！这才叫做好了人生一件事！而把一件事要做好，岂能凭你心中有一点喜欢？有一点迷恋？三天浇点水，五天上点肥？

少年狂妄，自以为聪明。把表面的一些由头借来，实际标榜自己为至情至性之人。这也做做，那也试试，好听人评价个"多才多艺"。近年来国家大兴经济，文人纷纷"下海"，我也曾与人发议论说作家的智商是足够经商的。可由养花我顿悟：人的一生只能做一件事。政客们终身搞阴谋，商人们终身搞经营，情种终身搞爱情（比如贾宝玉），黄岳渊先生终身搞花草。一生的时间并不多，一生的精力也不多，要做好一件事，那也就够了。正像张继以一首《枫桥夜泊》使其名留千古、张若虚以《春江花月夜》孤篇压倒全唐、玛格丽特·米切尔以《飘》屹立于世界文坛一样，人生不需很多，只要一点点足矣。可世上不知多少"聪明人"，一生没有做好一件事。

总之，我是不敢再说文人经商之类的话了。也不敢再狂热地养花弄草。就连剪裁时装、研究烹调之类的兴趣也淡了下来。兴致所至，偶尔为之，拿得起，放得下，绝不长期牵肠挂肚。傻一点儿，笨一点儿，懒一点儿，冷一点儿，就做一件事——写作——我这一生。

【摘自《中文自修·中学版》2012年第7期】

永远的禁区

◎吴作望

得知父亲考察了马顿岛,甚至不惜一切代价,竞拍到该岛100年拥有权的消息后,诺丁伦兴奋极了,马上从纽约赶赴马顿岛,因为父亲约他到岛上见面。

诺丁伦喜欢航海环游。还在两年前,他就发现马顿岛犹如一颗镶在海上的翡翠,极具旅游业价值,一旦投资开发出来,将来一定能与著名的夏威夷媲美,但父亲却不太感兴趣。只要他回家提起马顿岛,父亲总会把话题岔开,要不就打听他在大学的一些情况。现在好了!父亲终于发现马顿岛潜在的巨大价值……

这天夕阳下,诺丁伦和父亲在岛上散步。海风无比凉爽,小岛一片郁郁葱葱,景色美极了。父亲挂着手杖,慈爱地看着他:"孩子,这地方属于诺氏家族了,谈谈你对小岛未来的设想吧。"

诺丁伦抑制不住兴奋,作为诺氏家族的继承人,他早就构想好了一幅小岛的远景图:"爸爸,我想花10年左右的时间,把马顿岛打造成世界著名的旅游胜地。这两年内先建造最豪华的小别墅,让全球那些超级影星、球星及名模在夏日从各地来岛上避暑。当然,还有您眼前的这片海滩,将会建成一个天然迷人的浴场。"

见父亲缄默不语,深邃的目光在凝视着什么,诺丁伦抬头看了一下,随着黄昏的降临,只见附近那片郁郁葱葱的小山头渐渐变成了一座壮观的"白岛"。原来,那是上万只海鸟栖息之地,白天它们出外觅食,傍晚成群结队地飞回来。

"爸爸,"诺丁伦马上又抑扬顿挫地道,"当夕阳消失在海面上时,游客倚栏眺望,翠绿的小山变成白色的岛时,那该是一幅多美的景观啊！也一定会让无数游客流连忘返……"

"不！孩子。"父亲摇起头，终于打断了儿子的话，"一旦这里变成了你的旅游胜地后，'白岛'就消失了！知道吗？来自世界的游客、小别墅、高尔夫球场和码头，还有无休止的杂音及污染，会使海鸟们失去赖以生存的乐园！"

看着惊愕的儿子，父亲稍顿了一下，声音也有些嘶哑了："在你还小的时候，爸爸曾干过一件蠢事，承包了一段高速公路的修建工程。没想到那是一条蛇道，每年七八月份，就有成千上万条蛇通过那地方。由于隔断了它们的'通道'，那一年不仅屡屡发生蛇伤人的事件，而且在以后的几年中，那里粮食歉收，老鼠泛滥成灾……"

这时候，两只白头鸥鸣叫着飞过来，小岛以前没有人迹，它们一点也不惧怕，有一只小的竟然将父亲的肩头当成树枝，一边轻盈地飞落下来，一边悠闲地啄起身上的羽毛。

诺丁伦呆了一呆，看看鸟儿抓住肩头亲昵抚摸着父亲，"爸爸，我不明白，既然您已经想到了这些，为什么还要耗资几千万美元，将您根本就没想到要开发的小岛买下呢？"

"孩子，是你上次的话提醒了我，即使我们放弃了，还会有别的投资商买下它，因为马顿岛太适合旅游业了，没有人会放过这块'蛋糕'的，才促使爸爸来这地方考察。"说到这里，父亲停下脚步，凝望着两只翩舞飞向"白岛"的海鸟，自语道："不错，诺氏家族完全有能力把这里变成世界上最好的旅游热点，可海鸟们的家怎么办？以后它们到何处繁衍后代？此外，还有每年迁徙的无数候鸟……"

"爸爸，难道以后我们仅只有马顿岛的守护权，而让它永远就这样闲搁着吗？"诺丁伦喃喃地问道。

父亲点了点头，面色十分凝重："孩子，你一定要记住，牺牲人类朋友的利益，最终是危害了自己的利益，人类为此付出的代价还少吗？"诺丁伦没有再问了。

第二天一大早，父子俩离开了马顿岛。

很多年过去了，全世界只要能涉足的金融、房地产及其他行业，诺氏家族几乎都涉足到了。

马顿岛却是永远的"禁区"，至今仍然是海鸟们的乐园。

【摘自《芳草（青春版）》2012年第1期】

天使在叩门

◎ ［美］多蒂·沃特斯 庞启帆/编译

祖母曾经跟我讲过天使的故事。她说，每当天使想捎个信儿给我们时，他就来敲响我们的心门。"但他从不会说'你好'，"祖母说，"因此，你必须时刻留心。"我非常喜欢这个故事，一次又一次地问祖母："然后天使做了什么？"祖母答道："在你伸手接过信后。他会对你说：'振作精神，向前走！'接下来怎么做。就看你的了。"

然而，你也知道，从来没有什么天使来敲门。

有一次，父亲租了一辆铲车来运送干草。在回家时我的妹妹雪莉和邻居的两个小孩跳上了铲车。然后，方向盘出了故障，父亲拼命想稳住铲车，但车还是翻了。父亲被撞昏了，邻居小孩摔断了手臂。而雪莉的左手被压在铲车下面，然后汽油流出来，烧伤了她的大腿和臀部。

在洛杉矶的整形外科医院，医生们给她做了7次手术，每次都要切除手上坏死的肌肉。要知道，雪莉刚刚开始上钢琴课！

在这段时间里。我经常跑出去放声大哭，我还发现自己无法专心读任何东西。天使没有来敲门，我的心里沉寂得令人窒息。我是一个作家，曾对雪莉明年就要开始的打字课充满了期待。医生证实了我的担心："她还能做其他的事情。"听了医生的话，我明白，她永远也不能打字了。

我们刚把她的包放在病房里，邻床的女孩突然以一种命令的口吻对我们说："我一直在等你们。你们去左边的第三个病房。那里有一个在车祸中受伤的男孩。你们去让他振作起来，马上！"她说话的语气像是一位元帅。我们来到了那个病房。跟那个男孩聊天，并鼓励了他一番，然后又回到雪莉的病房。

这时我才注意到这个不寻常的姑娘的背驼得厉害。

"你是谁？"我问。"我的名字叫托尼·丹尼斯。"她笑着说，"我在残疾人高中读书。这次手术，医生准备让我增高整整1英寸呢。你看，我得过小儿麻痹症。我已经做了许多次手术。"

她有着将军般的非凡魅力和精神力量，我忍不住脱口而出："可是你不是残疾人！"

"哦，你说得对。"她的眼睛斜看着我，答道："在学校，老师们对我们说，只要我们还能帮助别人，我们就不是残疾人。不过，如果你看到那个教我打字的同学，你也许会认为他是个残疾人。因为他天生就没有手和脚。但他用牙齿咬着一根小木棍教我们所有人打字。"

"咚咚咚！"我似乎听见那个声音了。我冲出病房，到走廊找了一部公用电话，开始查询打字机巨子IBM公司的电话号码，然后我得到了他们的一个小经销处的电话。我振作起来了。

最后我得到了一些单手打字手册。两周后，雪莉回到了学校。很快，雪莉就可以用盲打打完她所有的家庭作业了。她的英语老师责备她说："是你姐姐帮你打的作业吧？最好不要让她惯坏你，雪莉。"

"哦，不是这样的，老师。"雪莉微笑着对他说。"我用盲打1分钟可以打50个字了。"

老师盯着雪莉，然后慢慢坐下来，说："能打字一直是我的梦想。"他曾经得过小儿麻痹症，右手无力地垂在身体一侧。

"午休时间到教室来，我教你！"雪莉说。英语老师激动地点点头。

经历了第一次午休时间授课后，雪莉回来对我说："托尼·丹尼斯说得对，我不再是一个残疾人了。因为我在帮助别人！"

今天，雪莉已经是6本书的作者，其中包括《单手打字指南：成功者给你动力》，这6本书在全世界都备受赞誉。她也帮助过许许多多的人。她曾教我们公司所有职员如何用左手灵活操作鼠标。而且她还会告诉你,只要你还能帮助别人,你就不是残疾人。

嘘,你听见敲门声了吗?拉开门问吧!天使永远都不说"你好",他们总是这样打招呼:"振作精神,向前走!"

【摘自《哲理》2009年第6期】

必须的力量

◎王开岭

1877年7月31日,被囚禁的进步大学生波古柳博夫因在彼得堡市长特列波夫面前没有行脱帽礼,竟遭到毒刑拷打。此事在俄罗斯民间引起轩然大波,女青年薇拉·查苏利奇愤慨至极,1878年1月,她只身从外省赶到彼得堡,朝那个臭名昭著的家伙射了一颗子弹。

薇拉当场被捕,后移交有陪审团参加的公开审判。她给人的印象是聪慧、和善,完全一副柔弱女性的模样,与其后身材高大、手执马刀的宪兵构成了鲜明对比,人们很难将之与"凶手"一词联系起来。

审理开始了。薇拉丝毫没有为自己开脱的意思,而是再次指控特列波夫惨无人道的暴行:"迫使一个被折磨得奄奄一息的人再次接受鞭笞和酷刑,这是多么残忍。我觉得,绝不能也不应该让这件事无声无息地过去。我在等待着,可人们都保持缄默。特列波夫依旧有恃无恐地一次又一次滥施淫威。当我看不出有任何其他办法可改变这种状况时,便下定决心宁可牺牲自己,也要向世人证明:绝不能让这个残酷凌辱人类个性的人逍遥法外……举起手来向一个人开枪——这是可怕的,但我意识到,必须这样做。"

法庭辩论异常激烈。被告的辩护律师据理力争,慷慨陈词:"薇拉蓄谋杀人虽是事实,但她并非出于私心和个人复仇,而是为了保护另一个人的思想和名誉。在她的动机中有一种正直而崇高的热忱。这个柔弱的少女勇敢地举起了自己的手,去制止践踏、凌辱人类尊严的行为,她担负起了整个时代的职责……"律师的发言震撼了整座审判大厅。最终,陪审团宣告薇拉·查苏利奇无罪。

开始,大家几乎不敢相信它是真的。后来媒体、民众便明白了——那位律师,那些陪审员,他们也是"人",也是"生命",他们心中也藏着一个小小的"必须",一次伟大的冲动:无论如何,我必须站在正义的一边,必须对得起这位美丽的姑娘,对得起良心,对得起她无私的英勇和付出;无论如何,要给她和她的亲人一个惊喜,给苦难深重的俄罗斯一个惊喜。

必须——这个词蕴含着惊人的力量和决绝的信念,我久久地思忖、体会着它,抚摩其质地、品性、硬度及光泽……

看到生命的同类遭受如此残酷的凌虐,她感觉自己也受到了伤害、受到了侮辱,因为自己也是生命、也是人。疯狗咬的不仅仅是波古柳博夫,而是整个的俄罗斯民间力量,是针对全体"人"的挑衅和侵害,是对俄罗斯青年之血性和尊严的蔑视与不敬。生命是有尊严的,生命的权利和梦想是有整体感和连锁性的,不能因为罪恶暂时没有落到你的身上便暗自庆幸,不能因为老鼠没有窜上你家的炕头便高枕无忧——今天可以是他、是她,明天就可以是你、你们。罪恶蔑视的乃每一个,而非某一个。她最大的珍贵在于:那件事终于有人做了!

她只是站在"常识"的立场上恪尽了一个人对另一个人的义务,且以"人类"的名义去做。可是,在一个灵魂和精神被拧成麻花的时代,恢复常人的常识多么艰难啊,正像鲁迅所言:搬动一张课桌都要流血。多么令大家惭愧的少女的"献身"!

【摘自《芳草·经典阅读》2012年第9期】

昼信基督夜信佛

苏格拉底曾经说过,"未经省察的人生没有意义",那么该用什么来省察人生的意义？用理性,用情感,更应该用信仰。陀思妥耶夫斯基那感人至深的话犹在耳畔,带着信仰重新走上生活之路："第一要真诚,其次要善良,最后还要我们永不相忘。"

抛开世俗的外衣,信仰的真髓不就是还原本真吗？而无论多么伟大的神灵,所体现的也都是宇宙大生命返璞归真后的虔敬和善良。

昼信基督夜信佛

◎史铁生

大概是我以往文章中流露出的混乱，使得常有人问我：你到底是信基督呢，还是信佛法？我说我白天信基督，夜晚信佛法。

人的迷茫，根本在两件事上：一曰生，或生的意义；二曰死，或死的后果。倘其不错，那么依我看，基督教诲的初衷是如何面对生，而佛家智慧的侧重是怎样看待死。

这样说可有什么证据吗？为什么不是相反——佛法更重生前，基督才是寄望于死后？证据是：大凡向生的信念，绝不会告诉你苦难是可以灭尽的。为什么？很简单，现实生活的真面目谁都看得清楚。清楚什么？比如说：乐观若是一种鼓励，困苦必属常态；坚强若是一种赞誉，好运必定稀缺；如果清官总是被表彰呢，则贪腐势力必一向强大。

在我看，基督与佛法的根本不同，集中在一个"苦"字上，即对于苦难所持态度的大相径庭：前者相信苦难是生命的永恒处境，所以其应对是"救世"与"爱愿"；后者则千方百计要远离它，故而祈求着"往生"或"脱离六道轮回"。而这恰恰对应了白天与黑夜向人们所要求的不同心境。

外面的世界之可怕，连小孩子都知道。见过早晨幼儿园门前的情景吗？孩子们望园却步，继而大放悲声；父母们则是软硬兼施，在笑容里为之哭泣。聪明的孩子们头天晚上就提前哀求了：妈妈，明天我不去幼儿园！

成年人呢，早晨一睁眼，看着那必将升起的太阳发一会儿愣，然后深明大义：如果必须加入到外面的世界中去，你就得对生命的苦难本质说是。否则呢？否则世上就有了"抑郁症"。

待到夕阳西下，幼儿园门前又是怎样的情景呢？亲人团聚，其乐陶陶,完全是一幅共享天伦的动人图画！及至黑夜降临,孩子在父母含糊其辞的许诺中睡熟;父母们呢,则是在心里一遍遍祈祷,一遍遍驱散着白天的烦恼,但求快快进入梦的黑甜之乡。倘若白天挥之不去,"格尔尼卡"式的怪兽便要来祸害你一夜的和平。

所以,基督信仰更适合于苦难充斥的白天。他从不做无苦无忧的许诺,而是要人们携手抵抗苦难,以建立起爱的天国。

譬如耶稣身背十字架,一种说法是上帝舍了亲子,替人赎罪,从而彰显了他无比的爱愿。但另一种解释更具深意:创世主的意志是谁也更改不了的,即使神子也休想走他的后门以求取命运的优惠,于是便逼迫着我们去想,生的救路是什么和只能是什么。

爱,必是要及他的,独自不能施行。

白天的事,也都是要及他的,独自不能施行。

而一切及他之事,根本上有两种态度可供选择:爱与恨。

恨,必致人与人相互疏远,相互隔离,白天的事还是难以施行。

唯有爱是相互的期盼,相互的寻找与沟通,白天的事不仅施行,你还会发现,那才是白天里最值得施行的事。

白天的信仰,意在积极应对这世上的苦难。

佛门弟子必已是忍无可忍了:听你的意思,我们都是消极的喽?

非也,非也！倘其如此,又何必去苦苦修行?

夜晚,是独自疗伤的时候,正如歌中所唱:"那故乡的风和故乡的云,为我抹去创痕。我曾经豪情万丈,归来却空空的行囊……"

你曾经到哪儿去了? 伤在何处?

我曾赴白天,伤在集市。在那儿,价值埋没于价格,连人也一样。

所以就"归来吧！归来哟！别再四处漂泊……"

夜晚是心的故乡,存放着童年的梦。夜晚是人独对苍天的时候：我为什么要来？我能不能不来，以及能不能再来？"死去元知万事空"，莫非人们累死累活就是为了最终的一场空？空为何物？死是怎么回事？死后我们会到哪儿去？"我"是什么？灵魂到底有没有？……黑夜无边无际，处处玄机，要你去听、去想，但没人替你证明。

便又想到医学。我曾相信中医重实践、轻理论的说法，但那不过是因为中医理论过于艰深，不如西医的解剖学来得具体和简明。中医理论和佛家信念是相通的，也是连接起天深地远，连接起万事万物，把人——而非仅仅人体——看成自然整体之局部与全息。倒是白天的某些束缚（比如礼仪习俗），使之在人体解剖方面有失仔细。而西医一直都在白天的清晰中，招招落在实处，对于人体的机械属性方面尤其理解得透彻，手段高超。比如器官移植，比如史铁生正在享用着的"血液透析"。

要我说，所谓"中西医结合"，万不可弄成相互的顶替与消耗，而当各司其职，各显其能；正如昼夜交替，阴阳互补，热情与清静的美妙结合。

不过，说老实话，随着科学逐步深入到纳米与基因层面，西医正在弥补自身的不足，或使中医理念渐渐得其证实也说不定。不过，这一定是福音吗？据说纳米尘埃一旦随风飞扬，还不知人体会演出怎样的"魔术"；而基因改造一经泛滥，人人都是明星，太阳可咋办！中医就不会有类似风险——清心寡欲为医，五谷百草为药，人伦不改，生死随缘，早就符合了"低碳"要求。不过这就好了吗？至少我就担心，设若时至1998年春"透析"技术仍未发明，史铁生便只好享年四十七岁了，哪还容得我六十岁上昼信基督夜信佛！

世上的事总是一利一弊，怕的是抱残守缺。

【摘自《收获》2012年第1期（有删节）】

佛 鼓

◎林清玄

住在佛寺里,为了看师父早课的仪礼,清晨四点就醒来了。走出屋外,月仍在中天,但在山边极远极远的天空,有一些早起的晨曦正在云的背后,使灰云有了一种透明的趣味,灰色的内部也仿佛早就织好了金橙色的衬里,好像一翻身就要金光万道了。

鸟还没有全醒,只偶尔传来几声低哑的短啾。听起来像是它们在春天的树梢夜眠有梦,为梦所惊,短短地叫了一声,翻个身,又睡去了。

最最鲜明的是醒在树上一大簇一大簇的凤凰花。这是南台湾的五月,凤凰花的美丽到了峰顶,似乎有人开了染坊,就那样把整座山染红了,即使在灰蒙的清晨的寂静里,凤凰花的色泽也是非常雄辩的。它不是纯红,但比纯红更明亮,也不是橙色,比橙色更艳丽。比起沉默站立的菩提树,在宁静中的凤凰花是吵闹的,好像在山上开了花市。

说菩提树沉默也不尽然。经过了寒冷的冬季,菩提树的叶子已经落尽。仅剩下一株株枯枝守候春天,在冥暗中看那些枯枝,格外有一种坚强不屈的姿势,有一些生发得早的,则从头到脚怒放着嫩芽,翠绿、透明、光滑、纯净,桃形叶片上的脉络在黑夜的凝视中,片片了了分明。我想到,这样平凡单纯的树竟是佛陀当年成道的地方,自己就在沉默的树与精进的芽中深深地感动着。

这时,在寺庙的角落中响动了木板的啪啪声,那是醒板,庄严、沉重地唤醒寺中的师父。醒板的声音其实是极轻极轻的,一般凡夫在沉睡的时候不可能听见,但出家人身心清净,不要说是行板,怕是一根树枝落地也是历历可闻的吧!

醒板拍过,天空逐渐有了清明的颜色,但仍是没有声息的,燕子的声音开始多起来,像也是被醒板叫醒,准备着一起做早课了。

然后钟声响了。

佛寺里的钟声悠远绵长,犹如可以穿山越岭一般。它深深地渗入人心,带来了一种惊醒与沉静的力量。钟声敲了几下,我算到一半就糊涂了,只知道它先是沉重缓慢的咚嗡咚嗡咚嗡之声,接着是一段较快的节奏,嗡声灭去,仅剩咚咚的急响,最后又回到了明亮轻柔的钟声,在山中余韵袅袅。

听着这佛钟,想起朋友送我们一卷见如法师唱念的《叩钟偈》,那钟的节奏是单纯缓慢的,但我第一次在静夜里听叩钟偈,险险落下泪来,人好像被甘露遍洒,初闻天籁,想到人间能有几回听这样美的音声,如何不为之动容呢?

晨钟自与叩钟偈不同,后来有师父告诉我,晨昏的大钟共敲一百零八下,因为一百零八下正是一岁的意思。一年有十二个月,有二十四个节气,有七十二候,加起来正合一百零八,就是要人岁岁年年日日时时都要惊醒如钟。但是另一个法师说一百零八是在断一百零八种烦恼,钟声有它不可思议的力量。到底何者为是,我也不能明白,只知道听那钟声有一种感觉,像是一条飘满了落叶尘埃的山径,突然被钟声清扫,使人有勇气有精神爬到更高的地方,去看更远的风景。

钟声还在空气中震荡的时候,鼓响起来了。这时我正好走到"大悲殿"的前面,看到逐渐光明的鼓楼里站着一位比丘尼,身材并不高大,与她面前的鼓几乎不成比例,但她所击的鼓竟完整地包围了我的思维,甚至包围了整个空间。她细致的手掌,紧握鼓槌,充满了自信,鼓槌在鼓上飞舞游走,姿势极为优美,或缓或急,或如迅雷,或如飓风……

我站在通往大悲殿的台阶上看那小小的身影击鼓,不禁痴了。那鼓,密时如雨,不能穿指;缓时如波涛,汹涌不绝;猛时若海啸,标高数丈;轻时若微风,抚面轻柔;它急切的时候,好像声声唤着迷路归家的母亲的喊声;它优雅的时候,自在得一如天空飘过的澄明的云,可以飞到世界最远的地方……那是人间的鼓声,但好像不是人间,是来自天上或来自地心,或者来自更邈远之处。

鼓声歇止有一会儿,我才从沉醉的地方被叫醒。这时《维摩经》的一段经文突然闪照着我,文殊师利菩萨问维摩诘居士:"何等是菩萨入不二法门?"当场的五千个菩萨都寂静等待维摩诘的回答,维摩诘怎么回答呢?他默不发一语,过了一会儿,文殊师利菩萨赞叹地说:"善哉、善哉!乃至无有文字、语言,是真入不二法门。"

后来有法师说起维摩诘的这一次沉默,忍不住赞叹地说:"维摩诘的一默,有如响雷。"诚然,当我听完佛鼓的那一段沉默里,几乎体会到了维摩诘沉默一如响雷的境界了。

往昔在台北听到日本"神鼓童"的表演时,我以为人间的鼓无有过于此者,真是神鼓!直到听闻佛鼓,才知道有更高的世界。神鼓童是好,但气喘咻咻,不比佛鼓的气定神闲;神鼓童是苦练出来的,表达了人力的高峰,佛鼓则好像本来就在那里,打鼓的比丘尼不是明星,只是单纯的行者;神鼓童是艺术,为表演而鼓,佛鼓是降伏魔邪,度人出生死海,减少一切恶道之苦,为悲智行愿而鼓,因此妙响云集,不可思议。

最最重要的是,神鼓童讲境界,既讲境界就有个限度;佛是不讲境界的,因而佛鼓无边,不只醒人于迷,连鬼神也为之动容。

佛鼓敲完,早课才正式开始,我坐下来在台阶上,听着大悲殿里的经声,静静地注视那面大鼓,静静地,只是静静地注视那面鼓,刚刚响过的鼓声又如潮汹涌而来。

殿里的燕子也如潮地在面前穿梭细语,配着那鼓声。

【摘自《海外文摘·文学版》2013年第1期】

等一等我的灵魂

◎白岩松

一

钱和权,越来越像是一种信仰,说白了,它们与欲望的满足紧密相连。

曾经有一位评委,看着台上选手用力地表演时,发出了一声感慨:为什么在他们的眼睛里,我再也看不到真诚和纯真,而只是宝马和别墅?

其实,这不是哪一个选手的问题,而是时代的问题。人群中,有多少个眼神不是如此,夜深人静时,我们还敢不敢在镜子中,看一看自己的眼睛?

权力,依然是一个问题。

个人崇拜减少了,可对权力的崇拜,却似乎变本加厉。

不知是从哪一天开始,上下级之间充满了太多要运用智慧和心智的相处。是从什么时候开始,领导面前,下属变得唯唯诺诺,绝对没有主见?一把手的权力变得更大,顺应领导的话语也变得更多,为了正确的事情可以和领导拍桌子的场景却越来越少。

其实,是下属们真的敬畏权力吗?

你仔细观察后就会发现,可能并非如此。或许是下属们早已变得更加聪明和功利,如果这样的顺从可以为自己带来好处或起码可以避免坏处,为何不这样做?

但问题是,谁给了下属这样的暗示?

二

每一代人的青春都不容易,但现今时代的青春却拥有肉眼可见的艰难。时代让正青春的人们必须成功,而成功等同于房子、车子与职场上的游刃有余。可这样的成功说起来容易,实现起来难,像新的三座大山,压得青春年华喘不过气来,甚至连爱情都成了难题。

青春应当浪漫一些,不那么功利与现实,可现今的年轻人却不敢也不能。房价不断上涨,甚至让人产生错觉:"总理说了不算,总经理说了才算。"后来总经理们太过分,总理急了,这房价才稍稍停下急匆匆的脚步。房价已不是经济问题,而是社会问题政治问题。也许短期内房价会表态性地降一些,然而往前看,你会对房价真正下跌抱乐观态度吗?更何况房价动不动就三万四万一平米,它降不降还跟普通人有关系吗?所以,热了《蜗居》。

而《暗算》的另类流行,又暴露着职场中的生存不易,论资排辈经过短暂退却,重又占据上风,青春,在办公室里只能斗智斗勇不敢张扬,不大的年龄却老张老李的模样。

至于蚁族们,在高涨的房价和越来越难实现的理想面前,或许都在重听老歌:"外面的世界很精彩,外面的世界很无奈……"当你觉得外面的世界很无奈,或许逃离北上广,回到还算安静的老家才是出路?

浪漫固然可爱,然而面对女友轻蔑一笑之后的转身离去,浪漫,在如今的青春中,还能有怎样的说服力?

如果一个时代里,青春正万分艰难地被压抑着,这时代,怎样才可以朝气蓬勃?如果人群中,青春中的人们率先抛弃了理想,时代的未来又是什么?

三

改革三十余年,我们进步了太多,这一切,都有数据可以证明。

而新闻进步了多少?又用怎样的数据证明着?

当然,这并不是一个可以用数据证明的东西,但是,依然有太多的标准,比如,是否有真正优秀的人才还愿意把自己的理想在这里安放;再比如,不管经历日复一日怎样的痛苦,仍然隔一段时间,就会在社会的进步中,感受到一点小小的成就感。

假如并非如此呢？

假如真正有理想有责任的新闻人，永远感受的是痛苦，甚至在领导的眼里，反而是麻烦的制造者，并且这样的人，时常因理想和责任而招致自己与别人的不安全，那么理想与责任可以坚持多久呢？

而如果理想主义者都在生活巨大的压力和诱惑之下，变成现实主义者；

如果现实主义者都变成功利主义者，而功利主义者又变成投机分子……

希望会否变成绝望？理想是否成为空想？

当然，这仅仅是一种假设。然而，它依然如同噩梦一样，虽然虚构，却会让醒着的人们，惊魂未定。

新闻事业的前行，同样需要信仰。

四

社会有社会的问题，我们又都有自己的问题。

在 2000 年即将到来的时候，上海一家报纸约我写了一篇新千年寄语，当时，我选择了两个关键词，一个是反思，一个是平静。

反思，不难理解。由于生存都堪忧，荒唐岁月一结束，过去一路上的伤口只是草草地遮盖了一下，来不及更负责任地处理，我们就匆匆上路，这没什么可指责的，这是生存遭遇危机时近乎唯一的选择。

然而，三十多年走过，生存已经不再是最大的问题，或许有一天，我们该停下脚步，把伤口上的浮尘擦去，涂上酒精或消炎的东西，会痛会很刺激，然而只有这样，伤口才可以真正愈合，之后才可以真正轻装上阵。

这是对历史与未来负责的一种态度。

而之所以另一个关键词是平静，原因也并不复杂。因为安抚我们的内心，将是未来最大的问题。

上世纪的战乱时代，偌大的中国，放不下一张安静的书桌，而今日，偌大的中国，再难找到平静的心灵。

不平静,就不会幸福,也因此,当下的时代,平静才是真正的奢侈品。

想要平静与幸福,我们内心的问题终究无法回避。

五

在墨西哥,有一个离我们很远却又很近的寓言。

一群人急匆匆地赶路,突然,一个人停了下来。旁边的人很奇怪:为什么不走了?

停下的人一笑:走得太快,灵魂落在了后面,我要等等它。

是啊,我们都走得太快。然而,谁又打算停下来等一等呢?

如果走得太远,会不会忘了当初为什么出发?

【摘自长江文艺出版社《幸福了吗》】

母亲的神灵

◎摩 罗

一

我母亲是乡村最普通、最善良的一位老人,一生拜菩萨。我刚刚记事时正赶上"文革",那时候乡村的菩萨和庙宇早就遭到"扫荡",没有人敢在自己的村子里、在大队书记和生产队长的眼皮底下拜菩萨,我母亲和她的同修们多次到十几里之外一个小山谷的一棵树下拜菩萨,那棵树长在山谷的池塘边。母亲说那个地方叫蛇王庙。

又有山谷、又有水、又有树,必定是神灵居住的地方。我们村里的香客都认为那里特别灵验。

那时候人们心里特别紧张,若有一个无关紧要的人对这些香客追问一句无关紧要的话,这些香客就会惊恐万状,拔腿猛跑,一口气跑出那个并不险峻的山谷。有的人就因为这一拜、一跑,几个月的病也就不翼而飞。于是香客们益发传说那个菩萨灵验。我十来岁的时候,也曾跟着母亲一干人马去那里求过仙丹。让我感到意外的是,那不过是树底下随意码放的几块砖头,根本没有所谓菩萨塑像之类。香客们将当地的神灵,请入这堆寒碜的石头里,接受自己的祭拜和索求。

母亲9岁那年,家里房子被日本飞机投弹炸掉了,从此无家可归。外公远走他乡,外婆靠打短工养大我母亲和舅舅,常常连盐也吃不上。一听说来了部队,外婆一手提着包袱,一手牵着我舅舅的小手,我舅舅再抓着我妈妈的小手,跟着村里人往大鸣山深处猛跑。小时候经常听母亲谈到"躲兵"时跑得上气不接下气的故事。谁都不知道,日本人的炸弹什么时候会落到自己的头上。

谁能保佑这些绝望的人?只有菩萨。我母亲从那时候起,就跟着长辈拜佛吃斋。那时她拜的是观音菩萨,每次吃斋期为3天。

进入20世纪90年代,鄱阳湖北岸的乡村地区,修建寺庙的风气渐盛。后来我在家乡进行宗教考察,发现某个行政村竟然修造了8座具有一定规模的寺庙。我们村很穷,建不起大庙,我母亲起心动念,想在村西建一座小庙。风水先生说,我们村下关太低太敞开,聚不起钱财,养不出人才。如果能在村西建座庙,就能充实下关,聚敛财气人气,造福村民。这种说法村里人都认为在理。

族叔爱来先生说,建庙是全村受益的事,何必要你一家花钱,可以让全村人自愿捐钱。爱来叔一生当干部,具有组织能力。由爱来叔和我父亲牵头,向村里人募捐了一点钱,在村西头建起了那座一人多高的老嘎嘎庙。从此以后,我母亲每月初一、十五都去小庙上香磕头。母亲拜菩萨的时候,家里老老小小每个人的名字都要念到,生怕落下一个。我的名字自然也常常出现在母亲许愿的声音中。

几年之后,母亲的信仰由于一个特殊的灾难而出现了危机。修庙期间,有一天二哥从小镇回到村里,看见村里捐款榜上母亲捐款最多,100元。二哥就跟母亲说,那个捐款他出一半,并随手递上50元钱。二哥是村里的党支部书记,向他募捐也许有所不便,他主动捐款让我母亲好一阵欢喜。然而正是二哥的支持,让母亲产生信仰危机。小庙建起来不到几年,二哥因为意外事故不幸去世,年仅39岁。

我的母亲虽然一辈子吃苦,但是儿女很旺。她生了6个孩子,个个长大成人,这在贫困乡村甚是难得。中年时期的母亲,总是被村里人和亲戚家请去参与打理婚嫁喜事,比如给新娘扯面、给新人铺床之类,就因为我母亲的儿女个个顺道,可以传播吉祥和喜气。每当这时,总是母亲最为光荣、最为幸福的时候。

可是,当母亲老了,她的正当盛年的儿子却遭遇不测。我深知母亲心头的至痛。

我离家以后,母亲天天在家哭喊:"菩萨呀菩萨,我二崽对你那么好,你怎么就不长眼哪!"

母亲睡觉前这样哭喊,一觉醒来又接着这样哭喊。

我母亲的信仰就这样一天天动摇。我在遥远的北国,默默地陪着母亲憔悴、衰老。对于自己的命运我们竟然如此无能为力啊。

二

好几年之后,我回家探亲,遇上母亲邀伴到村西小庙烧香。母亲在与寺庙和菩萨疏离几年之后,终于重新回到菩萨身边。看来母亲内心最为伤痛的一角,终于有了些微缓解,我因此感到高兴。

有一次,母亲和另两位老妇一起去上香。我跟去为她们拍照。她们的仪式完毕以后,我进庙拍摄神龛里的菩萨像。

出乎意料的是,那菩萨竟然是一段一尺来长、五官模糊的木偶。

我问母亲这是什么神,母亲说,这是老嘎嘎。老嘎嘎是我们那里对老爷爷的尊称,意思相当于可敬的老人。母亲只知道老嘎嘎是我们村里的一位祖先,这位祖先究竟什么身份,究竟是如何成神的,母亲没法说清楚。

母亲补充说,这尊菩萨不是老嘎嘎的肉身菩萨,而是从香火堂捡来的韦陀菩萨。我们村的香火堂,原先是祖堂兼神庙,除了供奉祖先牌位,还供奉三将军(张飞)和老嘎嘎。这尊韦陀菩萨,是三将军和老嘎嘎的护法使者。

"文革"时期,三将军和老嘎嘎的神位被砸烂,这位韦陀菩萨被丢在阴暗潮湿的角落,寂寞十几年。直到那年建庙,人们才找到这尊韦陀菩萨,当做老嘎嘎的肉身供奉在这里。面目模糊系木质腐烂所致。

那一天我意识到自己有两个发现。第一,我发现我母亲不是佛教徒,可是多年以来我一直以为,母亲既然拜菩萨那就该是佛教徒。第二,我发现我对父亲母亲的精神世界原来一点也不了解,而且也从来不想了解。

不但不想了解,我在受教育的整个过程中,一直按照书本上的说教在批判他们的信仰。我按照书本上的说法,一直把我的母亲、我母亲的母亲、我母亲的母亲的母亲的信仰,看做迷信。我从书本上学的东西越多,越认为自己很有学问,就越加坚决地否定父老乡亲们的信仰和习俗。我像所有政治精英、文化精英一样,骂他们愚昧无知,骂他们封建迷信。

所不同的是,政治精英和文化精英骂的是他们的下人,诸如阿Q、闰土、祥林嫂之类,每天给他们挑水、种地、舂米的劳动者;我骂的是我的父母,那每天挑水、种地、舂米将我养大成人的人。

很显然,我发现的这两个问题,乃是我一直犯的两个错误。

那一天我还不知道老嘎嘎的故事,以及我的两个相关发现,将会改变我一生的文化立场。心灵的变化总是慢慢完成的,当它刚发生的那一刻,我们常常意识不到那种变化正在来临。

三

我按照制度的安排,中规中矩地求学几十年,按照我们村的说法,就是饱读了一肚子书。可是,我父母的信仰和神灵,却在我的知识之外,在我的视野之外。我的父亲母亲为了让我生活得更好,鼓励我学习其他知识,容忍了我对他们的知识体系的漠视。可是,我自己不能容忍。

我开始了对老嘎嘎的研究。我走访村中老人,我翻阅族谱,终于弄清了老嘎嘎就是本村发祖南乙公的孙子。

从老嘎嘎开始,我着手对家乡的宗教信仰和神祇体系进行调查研究。

从老嘎嘎开始,我着手对千百年来底层社会的所谓民间宗教进行研究。

我发现底层人的信仰是如此坚不可摧。精英阶层的信仰像走马灯一样变来变去,乡村社会的信仰却十分稳固。他们还在按照千百年前万物有灵的信念,随社立神。所谓随社立神,就是他们在哪里建立了村社,就将那里的神灵立为自己的保护神。每个地方的老百姓,都有自己独特的神灵。乡村社会底层人群精神世界的底色,依然是他们自己的神灵。

千百年的社会动荡中,乡间草民像麦子一样一茬一茬生生灭灭,可是他们的信仰体系、他们的精神世界是如此坚不可摧。心底里,他们依然在用几千年前的宗教原则支撑自己的生活。

乡村社会,才是真正坚不可摧的世界。我母亲并不是标准的佛教徒,她甚至不知道还有顶礼。她的所谓信仰,只是以她内心的至诚至善,跟人间和冥冥世界进行能量交换。她没有学习过任何一种宗教的教理教义,她信的是内在的虔敬和善良。这正是信仰的真髓。无论多么伟大的神灵,体现的也都是宇宙大生命的虔敬和善良。

我母亲是最伟大的信徒。

【摘自《读者·校园版》2011年第14期】

我的藏药丸子

◎王鲁湘

我有一粒藏药丸子,小拇指盖儿大小,包着一层药纸,裹进一角红绫缎里,封进同仁堂放药丸的那种密蜡壳,再套进一个纸袋子，装进一只药瓶子，放进抽屉里，放着，一直放了十年。在做一期节目时，我当着仁旺院长的面，打开来，封袋上写着：朗仁大师阿旺平措亲制之药。

1996年12月24日大师亲授于我。

1996年10月，我与张大为、倪妮三人去西藏采风，搜集一些音乐方面的素材。那是我第一次进藏，夜里睡觉，感觉心脏是在胸腔外边儿跳动。所幸，没两天就适应了，适应得跟藏人一样。倪妮却不行，头痛欲裂，走一会儿路就要歇歇。

一天，我们在大昭寺附近的八角街闲逛。这是一条售卖当地和尼泊尔、印度等地手工艺品的商业街。逛到一家古董店前，倪妮的头疼又发作了，疼得直流眼泪。我们就扶她进小店歇脚。店主是一位身材高大的老人，高鼻深目，面如刀削，极富雕塑感。他关切地询问倪妮的情况，张嘴却是一口四川话。一问才知，他出生在四川的理塘，是康巴藏族中的贵族。

老贵族进了里屋，不一会儿，拿出一只玻璃瓶，里面盛了小半瓶水，水底有一层细细的白沙。他打开一粒黑色药丸，分出三分之一，让倪妮就着水服下。果然，疼痛很快就缓解了。好神奇！我们都好奇得不得了。老贵族说，药丸珍贵，水更珍贵。这水采自西藏三大圣湖之一的纳木错湖，富有灵性。"你们两位也喝一点。"他说。我喝了一口，无色无味，像是一种极干净的水。

几天后，我们三人又去拉萨西郊的哲蚌寺游玩。这寺依山而建，庙宇层叠，是藏传佛教格鲁派最大的一座寺院。我们连续在这里玩了两天。一天下午，逛到全寺地势最高的一进院落，倪妮的高原反应又来了，我也感觉缺氧，便坐在院门槛上歇息。回头一看，发现身后这间庙的大门紧闭，门上贴着一张字条，藏文，不认识。我心里一动，伸手拍门，无人应答。过了好一会儿，门突然开了，一位胖大的中年喇嘛站在眼前。我们赶紧自我介绍，说我们是从北京来的，是搞音乐的，想进这座院子参观。他不答话，一直静静地立着，盯着我们看，然后掩上门，转身走了。

可能听不懂汉语吧，我们猜。坐下来继续休息。"吱呀"一声，门又开了，两个年轻喇嘛站在庙门两侧，低下腰，伸出双臂，很恭敬地做出"请进"的姿势。我们便进去。一看,好一块风水宝地!这院子的视野开阔极了,整个拉萨河谷和哲蚌寺的大小寺院尽收眼底。这时,一位喇嘛示意我们脱鞋,跟他登上一段磨得锃亮的木楼梯。楼梯尽处,是一座用西藏传统"阿嘎土"打制的屋顶平台。地面一尘不染,光可鉴人。平台的北边有一座小屋,门帘已被打起。

我们走进去,好一间金碧辉煌的屋!墙壁、门窗、地面、帷幔、柱子……屋里的一切,全用金黄色材料制成,或是用金黄色的丝绸包裹。高原的阳光从南面那扇窗射进来,屋里一片金光!我定睛一看,一位身着黄衣的老人此刻正盘腿坐在西墙根下,头上缠着黄布,年纪约有七八十岁,长方脸庞,肤色黝黑,身量似乎很高。一位中年喇嘛上前,极恭敬地对他耳语了几句。他点点头,微笑着,看着我们。

这肯定是一位高僧啦,我心里想到。突然灵机一动,让大为取出录音机。我拿着录音机上前,把它摆放在老人膝前的小几案上,对他说:"您能不能给我们念一段经文,祈祷人类和平的。"他不说话,我们都等着。过了一会,他开始念经了,嘴里一边念,手指一边捻着佛珠。我们一句都听不懂,只觉那诵经之声有一股让人平静下来的力量。念完经,我们道谢,告辞。

回到八角街,把这一天的遭遇讲给老贵族听。听着听着,他突然激动起来,眼泪哗哗地流出来。他说:"今天见到谁了,你们知道吗?"

"不知道。"我们看他的反应,都有点吃惊。

"你们见到朗仁大师了!"他语带哽咽地说。

"朗仁是谁?"我们确实没有听说过。

"你们在八角街没有仔细观察吗?很多店里都供奉着朗仁大师的头像。"

老贵族一提醒,我想起来了,这里的许多店铺都供奉着三个人的头像,一位是达赖,一位是班禅,第三位好像就是我们今天见到的这个人——朗仁大师。老贵族说,朗仁大师在西藏人心目中享有崇高的地位,高到什么程度呢?有人到印度见达赖,达赖说，你没必要辛辛苦苦跑这么远来见我，去哲蚌寺见朗仁大师就可以了。

这样一位高僧大德，为什么我们以前不知道？老贵族说，那是因为朗仁大师是一位不转世的活佛。西藏的活佛转世都必须经过严格的宗教仪轨认定，朗仁大师却是自修而成的活佛，他的学问完全是靠自己的修行和体悟得来的。据说一世达赖和班禅的师父宗喀巴，就是一位不转世的自修活佛。

原来如此。今天能见到这位活佛，真是一次巧遇。我们打开录音机，请老贵族帮忙听听，朗仁大师给我们念的那段经，是不是祈祷人类和平的。他一听，果然是！但朗仁大师不懂汉语，他怎么会知道我们的意思呢。老贵族笑笑，说："朗仁大师的神通，你们哪里知道！"

回到北京之后，我对哲蚌寺的这次奇遇念念不能忘。想来想去，决定再去一次西藏，专门去拜见一次活佛。两个月后，1996年12月，我带上照相机从北京出发了。中途在成都买了各色新鲜水果，飞到拉萨后就住在八角街的老贵族家里。第二天一早，我拉上老贵族和他的小儿子，一起随我去哲蚌寺。开门的喇嘛看见是我，没有通传，就让了进去。我再次走进这座金光四射的小屋，跪坐在了朗仁大师面前。我把哈达和水果献给他，他伸出手来，给我摸顶。老贵族的儿子拿着相机从旁拍照。

我用汉语和他交谈，老贵族充当翻译。我问起，上次来在门上看到的那张字条是什么意思？大师身旁侍立的一位喇嘛说，那张字条上写着"不见任何人"。事实上，在我和大为、倪妮那次进去之前，朗仁大师已经闭关三年，不见任何人，藏人不见，汉人更不见。"你们来的头几天，大师跟我们说，会有几个北京来的人，来做一件大功德。"

来西藏采集和制作音乐算是一件大功德吗？我不知道。但大师竟有这样的神通，提前预知了我们的来访。他肯破除闭关，会见我们，或许是因我们对他完全无知无求，或许是源于一种深奥神秘的因缘吧。他给我们念的那段经文，后来被用进了《EMAO唉嘛噢》这张藏乐专辑里。许多人都听到了它，听到了朗仁大师为人类祈祷和平的祝诵。

临走前,朗仁大师送给我们每人一把他持过的青稞,又特地把我叫到他跟前,拿出一粒药丸给我。药丸一拿出来,整个屋子顿时充满了一种浓郁的、奇异的香味。他说,这药丸子只有一粒了,送给你,生命有紧急情况的时候,把它拿出来,在没有三光(日光、月光、星光)的地方服下。我谢过,告别,下山。回来的路上,老贵族一直在流眼泪,他拉着我的手,不停地搓。他说,这药你一定要好好放着啊,现在全藏区也找不到了,不知道是一个什么样的缘分,大师会把它给你!

一个月后,朗仁大师圆寂了。我为他照的那张相片,竟成了他的遗照。而我,可能是他生前见过的最后一个汉人。

这是一段什么样的因缘呢?我不知道。我只知道,见到朗仁大师的这一年4月,我被查出患上了糖尿病。四年后,腰间多出了一个巴掌大的胰岛素泵。这些年来,我带着这小泵到处走,工作、旅行、做节目。这粒藏药丸子,我一直收着,供着。想起它,就会想到朗仁大师,感到冥冥之中他对我的那份护佑。

【摘自《长江文艺·精品悦读》2011年第10期】

藏住苦难

◎流 沙

我家祖上是当地的大户人家,生意通达,在上海也有铺子。后家道中落,到了父亲这一代,浮华被时代激流悉数带走,只余几间房、几个人。

小时候不知家族历史,更兼那个言多招祸的时代,也无人对我说起。有时候看着老屋里精美的雕窗、光滑的青石地面,觉得自己的家族与他人的不一样。不一样的还有曾祖母。村里许多老太太总是衣冠不整,头发凌乱,喋喋不休,但是我的曾祖母衣裳总是清清爽爽的,头发总是梳得顺顺的,神态总是静静的,说话的时候,慢条斯理,不急不躁。

曾祖母与婶子的关系不融洽。婶子经常无理取闹,曾祖母从不与她争论。每当婶子恶语相向时,曾祖母总是脸色平静地说:"声音轻点,让人听到多不好。"

曾祖母非常好面子,每有亲戚来访,她从不说婶子的坏话。有时候我在她身边玩耍,她与亲戚聊天,就听到她在夸婶子如何勤劳,孙子们如何孝顺。有时还把我拉过去,摸着我的头,说:"这个曾孙与我最贴心。"

其实曾祖母的日子非常苦。当时全家人一日三餐都成问题,早晚两餐只能喝粥,到了青黄不接时,还得用红薯充饥。我那时尚小,不知愁滋味,而曾祖母已是八十多岁的老人,怎能不愁?但我的曾祖母精干,从来没有看到她哭过,她也从来不向别人兜售苦难。

前段时间翻家谱,发现里面有几句家训:人前不露怯,远足不露财,内外当整洁,自奉须俭约……曾祖母秉承了祖上的训条,日子再苦,命运多舛,也避免以悲苦之色示人。我想这既是从商世家的教条,也是人生训条。

可叹的是,我是人近四十才想起曾祖母当年的从容和坚强,而在此前跌宕起伏的人生中,我露过太多的怯,诉过太多的苦,兜售过太多的难。

教育家张伯苓有句名言:强国必先强种,强种必先强身,他是一个主张内外兼修的教育家。譬如认为人难以避免霉运,但脸上不可有霉相。越有霉运,越要面净发净,不可萎缩,不可显在脸上,这样霉运也会过去。他为南开中学的题词为:面必净,发必理,衣必整,纽必结;头容正,肩容平,胸容宽,背容直。

其实人生不如意十之八九,与其以一副落魄脸示人,不如换以清新、明朗的形象,反倒更让人信任,更能得到成长的机会。

【摘自《茶博览》2011年第5期】

亚马逊总裁普林斯顿毕业演讲：
善良比聪明更难

◎【美】杰夫·贝佐斯

在我还是一个孩子的时候，我的夏天总是在德州祖父母的农场中度过。我帮忙修理风车，为牛接种疫苗，也做其它家务。每天下午，我们都会看肥皂剧，尤其是《我们的岁月》。我的祖父母参加了一个房车俱乐部，那是一群驾驶 Airstream 拖挂型房车的人们，他们结伴遍游美国和加拿大。每隔几个夏天，我也会加入他们。我们把房车挂在祖父的小汽车后面，然后加入 300 余名 Airstream 探险者们组成的浩荡队伍。

我爱我的祖父母，我崇敬他们，也真心期盼这些旅程。那是一次我大概十岁时的旅行，我照例坐在后座的长椅上，祖父开着车，祖母坐在他旁边，吸着烟。我讨厌烟味。

在那样的年纪，我会找任何借口做些估测或者小算术。我会计算油耗还有杂货花销等鸡毛蒜皮的小事。我听过一个有关吸烟的广告。我记不得细节了，但是广告大意是说，每吸一口香烟会减少几分钟的寿命，大概是两分钟。无论如何，我决定为祖母做个算术。我估测了祖母每天要吸几支香烟，每支香烟要吸几口等等，然后心满意足地得出了一个合理的数字。接着，我捅了捅坐在前面的祖母的头，又拍了拍她的肩膀，然后骄傲地宣称，"每天吸两分钟的烟，你就少活九年！"

我清晰地记得接下来发生了什么，而那是我意料之外的。我本期待着小聪明和算术技巧能赢得掌声，但那并没有发生。相反，我的祖母哭泣起来。我的祖父之前一直在默默开车，把车停在了路边，走下车来，打开了我的车门，等着我跟他下车。我惹麻烦了吗？我的祖父是一个智慧而安静的人。他从来没有对我说过严厉的话，难道这会是第一次？还是他会让我回到车上跟祖母道歉？我以前从未遇到过这种状况，因而也无从知晓会有什么后果发生。我们在房车旁停下来。祖父注视着我，沉默片刻,然后轻轻地、平静地说:"杰夫,有一天你会明白,善良比聪明更难。"

选择比天赋更重要

今天我想对你们说的是,天赋和选择不同。聪明是一种天赋,而善良是一种选择。天赋得来很容易——毕竟它们与生俱来。而选择则颇为不易。如果一不小心,你可能被天赋所诱惑,这可能会损害到你做出的选择。

在座各位都拥有许多天赋。我确信你们的天赋之一就是拥有精明能干的头脑。之所以如此确信,是因为入学竞争十分激烈,如果你们不能表现出聪明智慧,便没有资格进入这所学校。

你们的聪明才智必定会派上用场,因为你们将在一片充满奇迹的土地上行进。我们人类,尽管跬步前行,却终将令自己大吃一惊。我们能够想方设法制造清洁能源,也能够一个原子、一个原子地组装微型机械,使之穿过细胞壁,然后修复细胞。这个月,有一个异常而不可避免的事情发生了——人类终于合成了生命。在未来几年,我们不仅会合成生命,还会按说明书驱动它们。我相信你们甚至会看到我们理解人类的大脑,儒勒·凡尔纳、马克·吐温、伽利略、牛顿——所有那些充满好奇之心的人都希望能够活到现在。作为文明人,我们会拥有如此之多的天赋,就像是坐在我面前的你们,每一个生命个体都拥有许多独特的天赋。

你们要如何运用这些天赋呢?你们会为自己的天赋感到骄傲,还是会为自己的选择感到骄傲?

追随自己内心的热情

16年前,我萌生了创办亚马逊的想法。彼时我面对的现实是互联网使用量以每年2300%的速度增长,我从未看到或听说过任何增长如此快速的东西。创建涵盖几百万种书籍的网上书店的想法令我兴奋异常,因为这个东西在物理世界里根本无法存在。那时我刚刚30岁,结婚才一年。

我告诉妻子 MacKenzie 想辞去工作,然后去做这件疯狂的事情,很可能会失败,因为大部分创业公司都是如此,而且我不确定那之后会发生什么。MacKenzie 告诉我,我应该放手一搏。在我还是一个男孩儿的时候,我是车库发明家。我曾用水泥填充的轮胎、雨伞和锡箔以及报警器制作了一个自动关门器。我一直想做一个发明家,MacKenzie 支持我追随内心的热情。

我当时在纽约一家金融公司工作,同事是一群非常聪明的人,我的老板也很有智慧,我很羡慕他。我告诉我的老板我想开办一家在网上卖书的公司。他带我在中央公园漫步良久,认真地听我讲完,最后说:"听起来真是一个很好的主意,但是对那些目前没有谋到一份好工作的人来说,这个主意会更好。"

这一逻辑对我而言颇有道理,他说服我在最终作出决定之前再考虑48小时。那样想来,这个决定确实很艰难,但是最终,我决定拼一次。我认为自己不会为尝试过后的失败而遗憾,倒是有所决定但完全不付诸行动会一直煎熬着我。在深思熟虑之后,我选择了那条不安全的道路,去追随我内心的热情。我为那个决定感到骄傲。

明天,非常现实地说,你们从零塑造自己人生的时代即将开启。

你们会如何运用自己的天赋?你们又会作出怎样的抉择?

你们是被惯性所引导,还是追随自己内心的热情?

你们会墨守陈规,还是勇于创新?

你们会选择安逸的生活,还是选择一个奉献与冒险的人生?

你们会屈从于批评,还是会坚守信念?

你们会掩饰错误,还是会坦诚道歉?

你们会因害怕拒绝而掩饰内心,还是会在面对爱情时勇往直前?

你们想要波澜不惊,还是想要搏击风浪?

你们会在严峻的现实之下选择放弃,还是会义无反顾地前行?

你们要做愤世嫉俗者,还是踏实的建设者?

你们要不计一切代价地展示聪明,还是选择善良?

我要做一个预测:在你们80岁时某个追忆往昔的时刻,只有你一个人静静对内心诉说着你的人生故事,其中最为充实、最有意义的那段讲述,会被你们作出的一系列决定所填满。最后,是选择塑造了我们的人生。为你自己塑造一个伟大的人生故事。

谢谢,祝你们好运!

【摘自微信账号:总裁读书会】

我们和我们的信仰

◎宋石男

这是我眼中的现世：所有的利益都集中在大城市，在那里，铁石心肠的野心家可以大显身手，其余的人则路断车轮生四角。城市在侵略乡村，乡村则在模仿城市。我们迷失在慢性自杀般的孤立之中，对我们的出生地茫然不知，切断了与过去的所有联系，被迫生活在匆匆忙忙的现实，像尘埃一样被吹向广阔无垠的平原。故土已经变得无关紧要，是因为我们的心灵在任何地方都找不到寄托了。

就像鲁迅曾宣告的那样，我们不过是影子，要离开而沉没在黑暗了。然而黑暗又会吞并我们，然而光明又会使我们消失。我们只有彷徨于无地。

我们之所以彷徨，是因为我们既缺乏古代人的自由，又缺乏现代人的自由。依照贡斯当的说法，古代人的自由表现为积极而持续的公共参与，每个人的意志都有真正的影响，而行使自己的意志是一种真实的、不断重复的乐趣。现代人的目标则是享受不受侵扰的私人快乐，对私人快乐的保障和私人快乐的本身即是自由。个人自由是现代人的第一需要，因此，决不能要求个体做出牺牲，以实现集体自由。可是，对我们来说，古代自由既遥不可及，现代自由又让人不堪重负。我们很难让自己的意志影响到这个国家，而尊崇快乐的个人自由又往往压垮我们，把我们从灵性之人贬低为一捆钞票、一座豪宅、一片掌声或者一次酗酒。

然而生活仍有希望，我们仍有希望。希望来自力量——如果不感到自身充满力量，就不可能有生活；力量来自信仰——如果没有坚如金石的信仰，生活就不值得过。

别害怕生活，要相信生活是值得一过的，而信念将帮助我们创造这一事实。生活是一场真正的战斗，有信仰的勇者才能得救。勇敢的本质是生命之无穷可能性的冒险，信仰的本质则是坚信可能性的存在。

我们所说的信仰,是世俗意义的信仰,而非宗教意义的信仰。这信仰翻译成一个字,就是爱。

一旦我们有爱,生活就开始有意义。一旦我们将责任赋予爱,生活就持久而丰盈。一旦我们在充满责任的爱中发现诗意,生活就再也不可能被毁掉。

所有爱情都是短暂的,爱情到最后要维系下去,只能变成爱情、亲情和友情的复合体,变成责任的主体和客体。责任就是为所爱者许下无需说出的大小承诺,然后一一实现。责任听起来不浪漫,但我觉得它是世界上最浪漫的东西之一。没有责任的爱情,跟狎妓也差不多,或者说好听一点,不是狎妓,是狎感情。

不过,仅仅拥有责任感还不够。如果说责任是爱的骨骼,那么诗意则是爱的血肉。海德格尔引荷兰德林的诗说,"人,诗意地栖居在大地上",这是一句非常深刻的话,触到了人类生活的本质。生活若没有诗意,可能沦为一张纸币;这诗意若没有爱,则可能走向纳粹美学。

当然,我们也承认,生活常是令人震惊的单调和雷同。但你若有勇气,就要战胜这种单调,要在单调中保护生活。诗意即是生活最大的保护伞。那么,如何让生活充满诗意?有三个好法子:重返天真、浪漫付出、共同梦想。

重返天真意味着,你要让自己的目光变得清澈,心脏变得干净,皮肤变得敏感而双脚穿上童鞋。你在人面前,再不用堆上世故的微笑,也不用戴上消毒的口罩。你们是爱人,不是需要厮杀的黑帮,或者相互猜忌的敌人。你们应该像孩子一样,无拘无束地交谈,毫无保留地做事。

浪漫的本质是付出——出人意料的、富有想象力的以及有一定难度的付出。浪漫不一定需要大场面,尽情运用你的创造力,让生活洋溢细小的温暖,即是浪漫。浪漫没什么禁忌——也许唯一禁忌只是自私。

共同梦想可以让诗意持久,实现梦想则会让生活达到巅峰。我们不妨设计两个梦想,一个大梦想,一个小梦想。大梦想终身未必实现,但要持有;小梦想两三年内或可碰及,乃至实现。大小理想的具体内容,因人而异,但一定要有,这样我们才能携手驾驭灵魂的马车往高处行去。

即使穿越每一条路,人也永远不能发现灵魂的边界——它拥有的范围如此之深广。生活永远是一场探索,一种实验。这种实验需要被检验。苏格拉底说得再好不过了,"未经检验的生活是毫无价值的生活"。用什么来检验?用理性,也用情感,更用信仰。

让我们低声吟诵陀思妥耶夫斯基那感人至深的话,带着信仰重新走上生活之路:"第一要真诚,其次要善良,最后还要我们永不相忘。"

让我们返乡。再次爱上某个人,某件事,某个地方,就是返乡。灵魂的噪音只有在爱的故土才能得到过滤、平息。当我们爱着,我们就已经回到故乡。

【摘自新星出版《不曾苟且》】

真相常流失于涕泪交加中

◎柴 静

一

美国有一个著名的白宫记者,叫海伦·托马斯,逼问过9任总统,进攻性极强。后来白宫在新闻厅给她专门设了把椅子,上面的小铜牌上刻着她的名字,又用她的名字命名了一个奖项,声誉极隆。

她80多岁的时候在书里回忆自己的职业生涯,感叹美国新闻业的萧条,说:"不知畏惧、不带好恶地去报道,美国的新闻人难道忘了吗?"

我自己的经验是,不知畏惧并不算难,不带好恶不容易。

好恶是每个人都有的,不可避免,只不过有记者这个身份,会约束人们表达自己好恶的本能,它要求你提供尽可能多的事实,而不是看法。

80岁的时候,海伦离开供职57年的美联社,成为一名专栏作家。

专栏作家与记者的区别是,她从此提供看法。

在接受这个邀请的时候她说:"我挺高兴的,为什么不呢?这么多年我都在按事情的本来面目描述它,现在我为什么不能按我想的样子来说呢?我每天早上醒来就可以问,今天我恨谁?"

也许她带点玩笑,但箭一旦不再忍受约束,就会射出。

一个月前,她迫于舆论压力辞职了,在将近 90 岁的时候。

原因是她在某一个集会上,对着一个镜头说:"告诉以色列人,滚出巴勒斯坦……他们(以色列人)可以回家,去波兰、德国,去其他任何地方。"

她是黎巴嫩移民的后裔,她说这话的原因是她恨。

二

我曾经写文章悼念过被暗杀的俄罗斯记者安娜,叫《思考比恐惧更强大》,看到老妇人在她遗像前放上的白色玫瑰,我写的时候心酸眼热。

后来遇到《华盛顿邮报》的记者 Ann,她在莫斯科驻站 16 年。她说:"我为安娜难过,但我并不赞赏她的报道。"

"为什么?"我有点意外。

"因为她的观点太多。"她说,"她总是站在她认为的弱者一方,简单地批评。"

我们都痛恨暴力和对记者的虐杀,但是,Ann 的话让我不能不去想——我之前对安娜的评价是否太没有保留?抒情的背后有没有更复杂的事实?单纯的强弱、黑白的报道能不能完全解释现实?

我说:"也许由于她是在一个那样的环境下,常常被迫害的人很难避免……"

"但这样你慢慢会变成你本来反对的人。"

"……那么你认为最好的方式是什么?"

她说:"最好的方式就是准确。"

三

晚上看老郝的"新闻调查",是一期关于职业病鉴定的节目,反映那些为疾病所苦而得不到公正的鉴定机会的工人们。看这节目时我为她骄傲,多年来她一直在做最艰苦的选题,因为她心里有对人的关怀。

她的片子中,有几次以音乐致以同情,领导审片的时候说:"把音乐拿掉。"

她有点不服,偷偷留了两段。

后来看完老郝的这个片子,我觉得领导的决定是对的。音乐是一种倾向,抒情,也可以说是一种强烈的表达,音乐一起,观众就跟着一哽,一软,被影响了。

同情是人类最美好的品质之一,但先入为主的悲情是需要我们共同警惕的。

有个朋友把一篇批评我的文字发给我看,我觉得说得真好,引在这儿跟老郝和老范分享:

"如果你用悲情贿赂过读者,你也一定用悲情取悦过自己,我猜想柴静做节目、写博客时,常是热泪盈眶的。得诚实地说,悲情、苦大仇深的心理基础是自我感动。自我感动取之便捷,又容易上瘾,对它的自觉抵制,便尤为可贵。每一条细微的新闻背后,都隐藏着一条冗长的逻辑链,在我们这儿,这些逻辑链绝大多数是同一朝向,正是这不能言说又不言而喻的秘密,让我们需要提醒自己:绝不刚走到这条逻辑链的半山腰就嚎啕大哭。"

他写道:"准确是这一工种最重要的手艺,而自我感动、感动先行是准确最大的敌人,真相常流失于涕泪交加中。"

【摘自广西师范大学出版社《看见》】

风　骨

◎马付才

那是一个兵荒马乱的岁月,那时,我的爷爷也就三十来岁,生活在一个大山里的小山村里,依靠打猎和种着东一片西一片的几块巴掌大的薄薄山田艰难度日,在他用不规则石头砌成的两间低矮小屋里,还住着奶奶和怀抱里嗷嗷待哺的我父亲。

爷爷穷得常常连饭都吃不上,却交了一个有钱的好朋友。他这个好朋友是个商人,用家有万贯来形容也许有点过分,不过,爷爷知道,他交的这个朋友绝对不是个小商小贩,他的生意做得很大。每隔一段时间,商人都要进一趟山,收一些药材和山货,顺便也会把一些动物的皮毛带到山外去。这个商人每次进山都是独来独往,身上带好多钱也不怕。那年头兵匪土匪四处乱窜,商人的身上常常挎了两把手枪,身上还插一把匕首。他还会使双枪,而且有百发百中的本领,商人的身子轻轻一纵,就能跳到头顶的树杈上。因为有这样的枪法有这样的轻功本领,所以才艺高人胆大。

不知道爷爷是怎么和这个商人交上好朋友的,爷爷只知道商人的名字叫张老二,还只知道张老二就住在山外一个叫张家寨的村子里。那个张家寨的村子爷爷根本就没听说过,当然他也从没去过。

有一次,商人又进山,身上仍然带了许多钱。商人低头匆匆走进爷爷用石头砌的那两间小屋里后,就把装钱的钱袋子扔到了爷爷的床上,商人说他进山时感觉有个"兔崽子"在若隐若现地跟着他走了好长一段路,他出去走一趟再试探试探。商人不等爷爷说什么,就一拍屁股走了。结果,商人这一走,一连几个月,就再也没有他的任何音信。

有一天夜里,我父亲突然高烧不止,奶奶用了许多土方和草药,可根本是无济于事。奶奶看着我父亲的小脸憋得通红通红,就愁眉苦脸地对爷爷说:看来,只好到山下的济春堂找大夫去看了。

济春堂是山下小集镇里的一家药店,有一个方圆知名的大夫在里面坐诊。到药店看病需要花钱,可爷爷抖遍了屋里的角角落落,也没能找到一分钱。奶奶在这个时候就提到了商人的那个钱袋子,奶奶的意思是先挪用一下里面的钱,给儿子看病要紧。爷爷的眼一瞪,拎起猎枪说:"我现在就进山里打猎去,人家的东西不能动。"说完,就急匆匆进山了。

爷爷打猎迟迟没有回来,奶奶终于等不及了,她抱着我父亲,深一脚浅一脚往山下跑去了。大夫对我奶奶埋怨着说:"这孩子再晚来一个时辰,就烧到肺部不好医治了。"奶奶买药的钱是她从那个商人钱袋子里抽出来的,奶奶想,等有了钱再还上也不迟。

奶奶抱着父亲回来时爷爷也已经回来了。爷爷说:"你到底偷偷拿了人家的钱。"奶奶委屈地说:"人家大夫说了,娃再晚抱去一个时辰,烧到肺部就不好医治了。"爷爷大眼一瞪,说:"人家凭什么敢把这么多的钱放在咱这里,说明咱的人比他的钱值钱!"爷爷伸出的手掌想拍落到奶奶身上,但终于又缓缓地收回了。

一年后,山外有个女人摸到山里来找张老二,她说她是张老二的女人。她找到我家,对爷爷说张老二以前曾告诉过她,他有我爷爷这样一个朋友。爷爷泪流满面。爷爷早就猜到了,失踪的张老二也许在那次出去后就落入了土匪的陷阱,爷爷等的就是这一天。爷爷拿出那个钱袋子,女人一见顿时泪如雨下。爷爷告诉那女人,有三块新钱是我父亲那次急病没钱医治,奶奶拿出来买药应急的,后来,他用打猎挣的钱又补上了。那女人数数钱,正是张老二出来时带的数目,一分不差,她腿一弯,给爷爷跪下了。

爷爷到死的时候仍然是一个穷人,但他是一个响当当的穷人。

父亲把这个故事讲给我听的时候,那一年我刚刚大学毕业,正准备出去闯世界,父亲已经老了,而且疾病缠身。我上大学在银行贷的一万二千元钱,如山一样地压在我们家的头顶上,父亲说,这一万二千元贷款他没有能力帮我偿还了,以后的一切只有依靠我自己。父亲还说,他把这个故事讲给我听,是希望我能明白,一个穷人,不管他走到哪里,是应该以怎样的风骨,在这个世界上站立。

【摘自《格言》2012年第3期】

废墟上的阅读者

◎冯 磊

网上流传着一张照片。照片的背景,是被狂轰滥炸后的一座图书馆,主要人物,是三名头戴礼帽的男子。

1940年10月22日,英国伦敦肯辛郡,有一座图书馆几乎被炸成废墟。这座名叫"荷兰屋"的图书馆,屋顶已被炸塌,钢筋、水泥、瓦砾遍地。

在硝烟弥漫的时刻,有三名绅士站在图书馆的废墟里静静地读书。这些严谨的英国人,在最残酷的岁月里,仍然衣冠楚楚,神色坦然。在废墟中,在大书架前,他们安静地阅读,犹如老僧入定。

被炸塌的屋子内,时光被定格在一瞬。屋子的外面,则是一片狼藉。这时候,随时会有德军飞机再次空袭——恐怖笼罩着人们,生命随时可能被无情地剥夺。在被炸塌了的图书馆,这三名男子显然忘记了战争,忘记了人世的纷争,忘记了炮火的威力与残酷。

1940年,这三位读书人,向我们展示了某种信念的存在。

德军对伦敦的轰炸,可以上溯到1940年9月。

从那时开始,直到1941年5月10日,德军轰炸遍及英国的各大城市和工业中心。其中,伦敦的遭遇最惨。有统计数字称,德军对伦敦的狂轰滥炸持续了76个昼夜。其间。有10万座房屋被摧毁。超过4.3万名市民离世。伦敦因此成为二战期间遭受轰炸最严重的三座城市之一。

在对伦敦的狂轰滥炸中,德军首次使用了最新研制的V1和V2导弹。当这种带着"摩托艇式的呼啸"的新式武器穿越伦敦上空时,尖叫、恐怖和死亡会同时出现在伦敦的街头。

但是,当战争席卷世界,当人间沦为地狱,总会有一些特例,告诉我们文明的力量还在,对知识的渴望还在。

比如说,"荷兰屋"图书馆的三位读者。

"'荷兰屋'图书馆的阅读"究竟意味着什么?

即使在最绝望的日子里,暴力和杀戮都不能把对知识的渴求完全抹去。某种意义上来讲,越是艰难的时代,人们对和平、对理性的追求就越是强烈。同样的,越是在狂魔乱舞的时代,人们对文明的向往就越是不可阻挡。

一个习惯阅读的人，一个有着坚定内心的人，其内心的力量是强大的。无论多么先进的武器，都不足以摧毁他们的内心。当轰炸机呼啸而来，当各类新式武器被普遍运用到人类的自相残杀中。当大街小巷几乎同时被炸成齑粉，总会有人在废墟上继续人类文明的事业。总会有一些人，在暗夜里点亮明灯，照亮黑暗，迎接黎明。

"荷兰屋"图书馆的三名读者内心清楚，战争总会结束。和平早晚都要到来。他们个人的力量，本身并不足以改变伦敦的命运，但是他们身上折射出的，是文明对野蛮的抗拒与不妥协。这张来自英国的黑白照片，让我这个中国人，想到了当年抗战中的大后方，想到了硝烟中的西南联大。

上世纪40年代的英国，以及艰难抗战中的中国，都有大批的人在战火中苦读。他们的勤奋，最终成就了战后的辉煌。

人类文明的伟大之处，就在于薪火相传。知识的传播，使人类的事业成了永动机式的事业。

这种事业。只有人类社会才有，只有人类能够意识到知识积累与经验传播的价值。人类的知识，即使在最晦暗的时代，都始终散发着不息的光芒——我想说的是，每个喜欢阅读的人都是可敬的，每个尊重知识的民族都是可敬的，每个有所景仰、有所畏惧的时代都是可爱的。

读书能够改变个人的命运，读书能够改变民族乃至整个人类的命运。书籍和图书馆所承载着的，恰恰是一个民族的希望和未来。对英国而言如此，对中国而言同样如此。所以，当一座城市在劫难之余，还能够幸运地找到掩埋在废墟中的图书馆，还能够找到痴迷于求知的人，这个城市无疑是幸运和有希望的。

"荷兰屋"图书馆于二战中沦为废墟，战后，在原地建成了荷兰公园歌剧院。图书馆的残余，据说最终被设计师设计成为剧场的背景。

在战火纷飞中，伦敦人书照读，舞照跳，一切生活都按部就班。即使，伦敦这座城市几乎被炸成了粉末。很难想象，战争中还有一种如此执拗的坚持，一种如此倔强的文明。

1940年9月的伦敦人是有福的,他们没有被纳粹的炮火击垮。废墟上读书的三位绅士是有福的,他们在最艰难的时刻找到了安放灵魂的场所。而和平时代的阅读者们也是有福的,通过读书,他们领会到知识的魅力,领会到人生的希望和奋起的价值。知识在积累,理性被弘扬,疾病被征服,灾难被消弭。一双双手通过书籍握在了一起,最终,促成了整个世界的连接……

以此,献给那些喜欢读书和正在读书的人。

【摘自《黑龙江工人报》2013年9月9日版】

花开的方向

◎ 包利民

母亲喜欢养花,阳台上摆满了大大小小的花盆,四季的轮换里,总有花儿是绽放着的,如此,阳台里一直充盈着春意。另外,有几盆花是放在母亲的卧室里的,那几盆花是同一品种,母亲也叫不出名字,多次的搬家,无论是同城里的迁移或城市间的辗转,那几盆花母亲都没有抛弃。

那几盆花只在每年的夏季里开放,花期半个多月。花朵并不出奇,比指甲略大些,一圈的花瓣,中间是橙黄的蕊,形状上像极了缩小的葵花。它们通常是三五朵聚拢成簇,有一种极浅极淡的香,只在寂寂的夜里,万虑皆宁的时刻才能感受得到。这种花唯一特别的地方,就是固定地朝着西方开放,无论怎样地挪动位置或转动花盆,都不能影响。母亲就这样宝贝似的把它们放在卧室里,不离不弃。

母亲对于养花有一套独到的经验,不管什么花,在她的调理之下,都显出一股子活泼劲儿来,常让她那些老姐妹们欣羡不已,总有许多人慕名上门来取经,或讨花桠和花籽儿。母亲的养花爱好是受姥姥影响,或者是遗传使然,少年时曾和母亲回她的老家探亲,姥姥家在一个很远很远的乡村,几乎养了一屋子的花,院子里也栽得满满的。那时我就发现了那种母亲至今珍爱着的花,想来是姥姥送她的了,问母亲花名的时候,她含笑说:"你姥姥也不知道叫什么名字呢!反正我老家那边,这种花是很常见的!"

母亲卧室里的花,起初在老家没有搬到这个城市的时候,我记得是五盆,后来我大学毕业后,就成了六盆,而搬来这里后,又多出来一盆,成了七盆。仔细回想一下,几乎是以每十年一盆的速度递增着。直到去年,发现那花变成了八盆,几乎摆满了卧室里的窗台。算起来,去年正是搬来这个城市的第十年了。而母亲的那些老友中,却极少有人知道这几盆花,母亲也从不给她们看,似乎那只是她自己的秘密。

母亲卧室里的窗户恰好是向西开的,那些花儿摆在那儿,每年夏季开花的时候,那些花儿便丛丛簇簇地向着窗外,很像隔窗远眺的样子。在它们的花期里,母亲留在卧室里的时间就多了,常常是坐在床上,向着那些花儿,也不知是在欣赏花儿的开放,还是看向窗外。那眼神飘忽着,仿佛很近,又似乎很远。

去年年末的时候,母亲回了一次她的老家,给姥姥过八十大寿。也有好几年没回去了,临行前显得很是兴奋,似乎不管多大年龄的人,一想到要见着自己的母亲,都表现得像个孩子,是啊,不管多大,在母亲面前都是孩子吧!母亲一个劲儿地叮嘱父亲,卧室里的那些花几天浇一次水,每次水量是多少,直到父亲都能背得出来,这才放心而去。而阳台里那些花儿的照看问题,母亲却是一句没提,任由父亲去折腾。

母亲回来后,很高兴,有一种满足的神情,不停地说着姥姥的身体很棒,依然伺候着一大院子的花。也难怪,八十岁的人了,能有这样的身体和精神,作为子女自然开心幸福。心里忽然一动,姥姥八十大寿,而母亲的花儿正好是八盆,回想起来,似乎真的是随着姥姥每十岁的增长而增多一盆。于是笑问母亲，母亲看向那些花，说："对呀，就是这样，你姥姥每长十岁，我就多种一盆！"一瞬间忽然明白了母亲为什么钟爱那几盆花了，那些花是母亲从故乡带出来的，是姥姥曾栽种下的，母亲珍爱着它们，其实是对姥姥的一种思念，一种祝福。

有一天在网上，无意间闯入一个花卉论坛，各种花草的图片琳琅满目。素来对花花草草兴趣缺缺的我，正要关掉网页，忽然，仿佛闪电般，一个熟悉的画面就划过我的眼睛，正是母亲卧室里的那种花！于是急忙点开，看它的介绍。上面说，这种花不管在什么地方什么情况下，都是向西开放，并分析了一大堆的原因，心里涌动着一种巨大的感动，因为我终于知道了它的名字，那是一个让人悠然神飞、魂牵梦绕的名字——望乡。

那些花又到了花期，母亲依然在守望着，目光轻柔地抚摸过那些小小的花朵背影，然后投向西方。而远远的西方，隔着山，隔着水，隔着风雨云雾，有母亲的故乡，有母亲的母亲！

【摘自《思维与智慧》2013年第1期】

真主在苏丹坐公共汽车

◎【澳大利亚】克莱儿·哈里斯　彭嵩嵩/编译

"下一班去栋古拉的公共汽车是什么时候？"

在苏丹共和国北部瓦迪哈尔法市的一个我觉得像是公共汽车站的地方，我问了这个问题。我刚刚从埃及来到这里，一路上坐了24个小时的滚装船，这是唯一可选的交通方式——挤在一艘满载了苏丹人家庭的船的甲板上，他们探望了在埃及的亲戚后返回家里去。商人们还在甲板上装载了满满地装着各种商品的袋子和箱子。我的一天一夜是这样度过的：白天用从纸板箱上撕下来的纸片拍打着苍蝇、遮蔽着那残酷的烈日；夜里蜷缩在毯子里抵抗刺骨的寒气。

公共汽车站上的那个男人告诉我，车子今天下午就会来的，如果真主保佑。我喝着茶。

几个小时之后我回来了，但是在那一大块泥土地充当的车站里没有公交车。"有去栋古拉的公共汽车吗？"我问道。

"没有，不是今天。明天。"他们说。他们还在喝茶。

"什么时间？"

"也许是早晨，如果真主保佑。也许是晚上，如果真主保佑。如果不是明天那就是后天，如果真主保佑。所有的事情都由真主在天堂里写好了。"

"让我来把这事弄明白，"我说，"公共汽车要么明天早上来，要么是下午或者晚上来，或者是根本不会来？"

"如果真主保佑，"他们齐声回答着、笑着，又给我斟茶。"早晨5点钟过来吧，"其中一位建议道，"然后就等着。"

"但是我有可能会等上一整天。"

"如果真主保佑，是的，"他笑道。

"我可能会等上两天。"

"如果真主保佑！"他笑得更厉害了，给我倒更多的茶。

我继续等待着公共汽车，一直到这等待似乎变成了生活，如果公共汽车来了，反倒完全变成了我们的茶话会的一场意外事件。在河边的几家咖啡店里，沿着河岸的地上被铺上了地毯，供顾客们暂时歇脚。这个暂时变成了几个小时，一群穿着相同的白袍子的渔夫前来吃早餐。他们盘腿坐下，用面包蘸着摆在圈子中央的一盆公共的豆子，喝着茶。他们坚持请我和他们一起吃，然后他们笑了又笑。

很快另一拨人群到了，全都穿着白袍子，围着一盆豆子坐着，他们笑了又笑，我也和他们一起吃了。一位老人告诉我，苏丹从来没有发生过一场战争,当然也许存在一些问题,但是所以真主才帮助我们,哪个国家没有问题呢?这话引得大家都笑得是如此起劲,我几乎相信了。更多的人群来了又走了,吃着、笑着,我和他们所有的人一起吃豆子、喝茶。到中午的时候我吃饱了豆子,也笑够了,几乎没法走回我的旅馆去了。

我的旅馆,更准确地来说,就是一个棚子,里面一张铁床,床上铺着薄褥子,褥子太破旧了,有的地方都磨破了,也没有床单、毯子或者枕头供我垫开压着后背的一根根锻铁棒。另外两张铁床住的是苏丹女人们和五个孩子。一扇扇门就是一扇扇金属的谷仓门,地板就是泥土地。女人们在夜里将她们的床拖到外边去,因为棚子里热得难以忍受。空气紧贴着我的皮肤,使得撒哈拉沙漠的沙子粘在上面。谷仓门全部敞开排成一长列,每个人都已经把他们的床拖到了外面,摆成一堆堆的。女人们笑着、喋喋不休地聊天,在水沟里洗衣服,水是黑色的,水面还趴着好大的昆虫。她们怂恿我去水沟里洗漱,当我照做了之后,她们笑着给我泡茶。

真主本周有更紧急的事情要做,没时间来关注苏丹的公共汽车时刻表,我只有100美元现金,还有一张外国银行卡,这卡在我回到埃及之前毫无用处。

在非洲,你总是需要一个B计划。而且你或许应该在锦囊里准备好C计划、D计划和E计划。我的F计划是卡车。

当我们爬上第一辆卡车时,虽然黎明才在尘土飞扬的地平线上露头,气温已经飙升到了40度以上。这辆卡车上排列着木制座椅,我买了票价最便宜的座位,在车厢最后面,备胎的旁边。当我们出发时,我明白了为什么这是最便宜的座位。

我从凳子上被抛得上上下下,拼命地抱紧备胎。我用一条围巾裹住了我的脸,甚至连我的眼睛也被盖住了,这样可以保护我不受卡车周围激起来的尘土的袭击。卡车以全速在沙漠里咔哒作响地驶过,飞跃着一座座沙丘和沙坑。我能肯定,有时候全部四个车轮都离地了。我们高速向前行驶了好几个小时,我则紧闭着双眼、双臂紧搂着轮胎。在卡车的上方有一个顶棚,如果我放开轮胎一秒钟,我的头就会撞到上面。我摸了摸头发的顶上,感觉到下面渗透了几滴血珠。

我们抵达了一处村庄,所有人跳下车休息一下。他们在阴凉处躺着睡午觉,直到一天中最热的部分过去了。他们啜饮着茶水、玩着扑克牌。店铺全都关门了,垫子被扔出来摆在门前的阴凉处,店老板们在那儿打盹儿,禁止打扰。整个村镇的人都躺在户外的地上,只有一个婴儿的哭声和他母亲的"嘘——嘘——"声打破这沉寂。

终于,我们爬上了另一辆卡车,这一辆没有顶棚,然后我们在烈日下行驶了几个小时,气温攀升到了约50度。我裹紧了头上的围巾。

我们在几处绿洲停车下来,附近散落着棕榈树和小村子,其实只是三四间在沙漠里聚集在一堆的房子。我从每个小村中央的陶土缸里取出黑色的水,将全身上下都淋湿。我掸去身上的昆虫,我的胳膊已经被泥巴和汗水覆盖。我的嘴里焦渴,我的嘴唇干裂。我的同卡车的旅伴告诫我不要喝那水,当我喝下那水时,他们都笑了。

我的身上布满了擦伤,然而我们距离栋古拉还有好几个小时。当我被抛起时,顶棚至少能提供一个缓冲作用。没有了顶棚,我经常会飞翔到卡车的中央。我爬起来,匍匐地爬回我的座位,将备胎抱得更紧了。所有人都笑了。当我们停车吃晚饭时,在一处绿洲里的一幢粘土建筑中的小餐馆里,有人买了好大一碗的扁豆,我们全都用手和面包挖着吃。

到下午三点左右,所有人都向高温投降了,关闭了店铺,走回家去。这些村子是宁静的、也是愁闷的,只有几个人在房子之间移动,一些男人在唯一的这家小餐馆里聚集,坐在凳子上抽着水烟袋,他们面前的一台电视机低声播放着足球赛。

夜幕降临了，月亮在繁星点点的夜空里升起来，此时卡车沿着撒哈拉沙漠中一条模糊的线路咔哒咔哒地开动，这条路只有司机认得出来。午夜过后没多久的某个时刻，卡车突然转向左边，刹车声尖利刺耳，车停住了。驾驶室的门开了，司机手里拎着一支猎枪钻出来，另一只手将他的长袍提了起来。坐在我旁边的那个男人对我低声耳语："现在他们要杀了我们。"然后他咯咯地笑了起来。

司机缓慢地将那支来复枪举到肩头，然后将车前大灯转换到远光灯。一只野兔被强光定住了、一动不动。枪响了。野兔倒地。司机快活地叫起来。"早餐！"他回头冲着我们喊着。

我们被招待吃了炖兔肉作为早餐，然后在栋古拉下了卡车。此时距离我们上车已经过去了二十多个小时。在尘土遍地的大街上，西红柿、土豆、铲子和煎锅从一家家店铺里四面八方地漫出来。集市上堆满了水果和蔬菜，还有富拉尼娃娃、一种穆斯林的芭比娃娃，她戴着面纱，还附赠一系列各种不同颜色的头巾。

几滴雨水开始落下。

我难以置信地仰头看天，天空裂开了，闪电将天幕劈成两半。天空以雷鸣怒吼着将水倾泻给我们。雨水落在了路上，把尘土搅成了泥浆，灌满了地上的坑坑洼洼。雨水沿着大街一直漫流下去，涌入各家店铺里。突然间，街道迸发出了生机。

人们匆匆地收拾起他们的货物，关上店门来抵御水的力量。一个男孩正赶着一套马车，催促着牲口快些回家，四轮在泥浆里滑转，他一只手策动着缰绳，另一只手举着一块湿透的硬纸板顶在头上。

我蹲在一家店铺前面的遮阳棚下面，我的身边有一位老人在头上顶着一只桶。而且他在笑着。为了压过雷声的巨响，我大声冲他吼着："您的头上有一只桶！"

这句话使得他笑了、又笑、再笑、笑得更多了，直到泪水从他的眼角滚落，他身边的人全都在擦拭着眼睛、同时也在笑。

"我们这儿已经有几年没有下雨了!"他冲我吼着回答,笑得更厉害了。在大街上,一个赤脚的男孩让倾盆大雨浇在他的身上。他不时地腾空跃起,一只拳头直击头顶的天空:

"安拉·阿胡·阿克巴!安拉·阿胡·阿克巴!真主伟大!"

那老人递给我一只桶。我们站在雨中,我们的头上顶着桶,我大声笑着、直到我也必须从眼角抹去泪水。泪水从我的脸颊上滚落下来,滴在地上,它们被混进泥浆之中,然后被冲走了。

【原文摘自英国 Litro 网络杂志】

善良是个连环套

◎汤小小

那一天的事情有些蹊跷。邓秀兰一个人在家,厨房里熬着汤,她在卫生间里洗衣服,这一切平淡得看不出任何涟漪。糟糕的是,浑然不觉中,她晕倒在卫生间冰凉的地板上,甚至来不及打一个求救电话。

那个时间,根本不可能有人打开她的家门,女儿远在北京,老公也被女儿接过去长住,儿子顾着自己的公司,不到半夜绝对见不到人影。等待她的只有死亡。

幸运的是,她没有死。睁开眼,发现自己躺在四壁雪白的医院里,医生说:"你煤气中毒,幸亏你儿子及时把你送来,再迟几分钟,可能就没命了。"

随后赶到医院的儿子却说,他没有回过家,接到电话才知道母亲出事了。

那么,是谁救了她?值班护士说,送她来的是一个小伙子,当时非常着急,是抱着她一路跑进来的。手术做了两个多小时,他就一直在手术室外等了两个多小时,直到确定她安然无恙,他才长长地舒了口气。护士忍不住问:"她是你母亲?"他说:"是的。"至于他什么时候离开的,倒是没人注意。

到底是什么人做了好事还不留名呢?等回到家,看到卧室里有被翻过的痕迹,家人开始猜测,是小偷入室行窃,碰巧看到昏迷的女主人,于是一丝善念闪过,救人一命。难道自己的救命恩人竟是一个小偷?邓秀兰不愿意相信,她四处打听,想要找到恩人的下落,要说声谢谢。

那天,她听说派出所抓了一个"开锁大盗",是这一带的惯偷,她心里一咯噔,会不会是自己的救命恩人?她当即跑到派出所,向民警打听犯人的情况。得到民警的配合后,又找来那天值班的护士当场辨认。

虽然她并不希望自己的恩人是个小偷,但事实是,那个叫杜安涛的"开锁大盗"就是那天救了她一命的人。她心中百感交集,不管对方身份如何,在危难关头能救人一命,就说明他良知未泯,自己怎么做才能帮助他呢?

她跑到派出所,给他送去两套新衣服,坦诚地和他聊天,并要认他做干儿子。她像对待亲儿子一样谆谆教导,年轻人犯错了并不可怕,知错能改就会有前途。在她的感召下,杜安涛最终供出了全部罪行。

每个人都要为自己的行为付出代价,杜安涛付出的代价就是15年牢狱和女友的扬长而去。这对一个风华正茂的年轻人来说,是道过不去的坎儿,15年过后,他还能做什么?

在他最悲观绝望甚至以绝食抗争的时候。她再次送去了关怀。她为他熬鸡汤,连续两个星期从不间断,她一针一线给他织好看的毛衣,不时地在他身上比着尺寸,说:"天气凉了,我要赶紧把毛衣织好,亲眼看你穿上才放心!"直到他一颗坚硬的心变得如棉花一样柔软,直到他肯一口口喝下那代表爱的鸡汤。

她还为他策划好了今后要走的路,她说:"你不是很会开锁吗?因为开锁才走上犯罪的道路,你对所有的锁都很了解,可以研制出一种新型的防盗锁呀。"

他犹豫着问:"我行吗?"她像母亲鼓励儿子一样说:"你那么聪明,肯定行!"

随后,她和监狱长协商,专门给他腾出一间房做研究用,她还经常给他寄相关的书籍,有时还专门买来各种各样的锁,供他参考。

想不到自己的特长可以在正道上得到发挥,杜安涛欣喜不已。从此一心扑在研究上,刻苦补习文化知识,一遍又一遍地拆卸锁具,找出共同点和不同点。经过对上百种防盗锁进行拆装后,他发现这些锁有槽式、弹簧式、弹子式、凸凹式四种,用30把钥匙就可以套开,根本不具备防盗功能。

经过两年时间的刻苦钻研,他最终研制出了一种新型的螺旋式防盗锁,并在邓秀兰妈妈的帮助下顺利申请了专利,国家知识产权局为他颁发了专利证书,认为他发明的"螺旋防盗锁"超出了国内其他产品的功能,属A级防盗产品,居全国之首。

一个入室行窃的"开锁大盗"最终成了防盗锁的专利获得者,并得到减刑4年的奖励,杜安涛的人生被彻底改写。他知道,这一切归功于他的"妈妈"邓秀兰。

当初,他的一丝善念,救了一个陌生女人的性命,而这个女人,又用自己的善良改写了他的命运。世界是如此奇妙!每个人把心中的善念释放一点点,温暖别人的同时也被别人温暖,生活该变得多么美好哇。

【摘自《做人与处世》2011年第14期】

爱怕什么

爱怕什么呢？怕撒谎，怕沉默，怕犹豫，怕模棱两可，怕沙上建塔，怕无源之水，怕假冒伪劣？不可否认，这些都是在爱的路上经常会遇到的障碍，破开这些艰难是身处爱里变得迷茫的人们最为渴求的。

爱常常使人笨拙，人们在爱里受伤、哭泣，却浑然不知解决的方法，自爱开始时就和他们如影随形，那就是相信爱。对爱的信仰早就赐予了他们面对挫折的勇气，依靠着对爱的信仰去战斗，去抓住爱，去延续爱，收获的爱将会更加甘甜。

爱怕什么

◎毕淑敏

爱挺娇气挺笨挺糊涂的,有很多怕的东西。

爱怕撒谎。当我们不爱的时候,假装爱,是一件痛苦而倒霉的事情。假如别人识破,我们就成了虚伪的坏蛋。你骗了别人的钱,可以退赔,你骗了别人的爱,就成了无赦的罪人。假如别人不曾识破,那就更惨。除非你已良心丧尽,否则便要承诺爱的假象,那心灵深处的绞杀,永无宁日。

爱怕沉默。太多的人,以为爱到深处是无言。其实,爱是很难描述的一种情感,需要详尽的表达和传递。爱需要行动,但爱绝不仅仅是行动,或者说语言和温情的流露,也是行动不可或缺的。我曾经和朋友们做过一个测验,让一个人心中充满独特的感觉,然后用表情和手势做出来,让其他不知底细的人猜测他的内心活动。出谜和解谜的人都欣然答应,自以为百无一失。结果,能正确解码的人少得可怜。当你自觉满脸爱意的时候,他人误读的结论千奇百怪。比如认为那是——矜持,发呆,忧郁……

一位妈妈,胸有成竹地低下头,做出一个表情。我和另一位女士愣愣地看着她,相互对视了一下,异口同声地说:你要自杀!她愤怒地瞪着我们说,岂有此理!你们怎么那么笨?!我此刻心头正充盈温情!愚笨的我俩挺惭愧的,但没等我们道歉的话出口,那妈妈恍然大悟道:原来是这样!怪不得我每次这样看着儿子的时候,他会不安地说:妈妈,我又做错了什么?你又在发什么愁?

爱是那样的需要表达,就像耗竭太快的电器,每日都得充电。重复而新鲜地描述爱意吧,它是一种勇敢和智慧的艺术。

爱怕犹豫。爱是羞怯和机灵的,一不留神它就吃了鱼饵闪去。爱的初起往往是柔弱无骨的碰撞和翩若惊鸿的引力。在爱的极早期,就敏锐地识别自己的真爱,是一种能力更是一种果敢。爱一桩事业,就奋不顾身地投入。爱一个人,就斩钉截铁地追求。爱一个民族,就挫骨扬灰地献身。爱一桩事业,就呕心沥血。爱一种信仰,就至死不悔。

爱怕模棱两可。要么爱这一个,要么爱那一个,遵循一种"全或无"的铁则。爱,就铺天盖地,不遗下一个角落。不爱就抽刀断水,金盆洗手。迟疑延宕是对他人和自己的不负责任。

爱怕沙上建塔。那样的爱,无论多么玲珑剔透,潮起潮落,遗下的只是无珠的蚌壳和断根的水草。

爱怕无源之水。沙漠里的河啊,即便不是海市蜃楼,波光粼粼又能坚持几天?当沙暴袭来的时候,最先干涸的正是泪水积聚的咸水湖。

爱怕假冒伪劣。真的爱也许不那么外表光滑,色彩艳丽,没有精致的包装,没有夸口的广告,但是它有内在的质量保证。真爱并非不会发生短路与损伤,但是它有保修单,那是两颗心的承诺,写在天地间。

爱是一个有机整体,怕分割。好似钢化玻璃,据说坦克轧上也不会碎,可惜它的弱点是宁折不弯,脆不可裁。一旦破碎,就裂成了无数蚕豆大的渣滓,流淌一地,闪着凄楚的冷光,再也无法复原。

爱的脚力不健,怕远。距离会漂淡彼此相思的颜色,假如有可能,就靠得近点,再近一点,直到水乳交融亲密无间。万万不要人为地以分离考验它的强度,那你也许后悔莫及。尽量地创造并肩携手天人合一的时光。

爱像仙人掌类的花朵,怕转瞬即逝。爱可以不朝朝暮暮,爱可以不卿卿我我,但爱要铁杵磨成针,恒远久长。

爱怕平分秋色,在爱的钢丝上不能学高空王子,不宜做危险动作。即使你摇摇晃晃,一时不曾跌落,也是偶然性在救你,任何一阵旋风,都可能使你飘然坠毁。最明智最保险的是赶快从高空回到平地,在泥土上留下深深脚印。

爱怕刻意求工。爱可以披头散发，爱可以荆钗布裙，爱可以粗茶淡饭，爱可以风餐露宿。只要一腔真情，爱就有了依傍。

爱的时候，眼珠近视散光，只爱看江山如画。耳是聋的，只爱听莺歌燕语。爱让人片面，爱让人轻信。爱让智商下降，爱让人一厢情愿。爱最怕的，是腐败。爱需要天天注入激情的活力，但又如深潭，波澜不惊。

说了爱的这许多毛病，爱岂不一无是处？

爱是世上最坚固的记忆金属，高温下不融化，冰冻不脆裂。造一艘爱的航天飞机，你就可以驾驶着它，遨游九天。

爱是比天空和海洋更博大的宇宙，在那个独特的穹隆中，有着亿万颗爱的星斗，闪烁光芒。一粒小行星划下，就是爱的雨丝，缀起满天清光。

爱是神奇的化学试剂，能让苦难变得香甜，能让一分钟永驻成永远，能让平凡的容颜貌若天仙，能让喃喃细语压过雷鸣电闪。

爱是孕育万物的草原。在这里，能生长出能力、勇气、智慧、才干、友谊、关怀……所有人间的美德和属于大自然的美丽天分，都会赠予你。

在生和死之间，是孤独的人生旅程。保有一份真爱，就是照耀人生得以温暖的灯。

【摘自《小品文选刊·笑品》2013年第4期】

她老了

◎陈晓辉

立春。清晨。明媚。

院子里，母亲在阳光下沐浴，戴着老花镜，忙着手中的针线活，细致而又认真。而我，则坐在母亲的对面，手捧一卷新书，低声阅读。现世安稳,岁月静好。

倏然,母亲大叫,说厨房还在煲汤,已经很久了,估计汤已经溢出,于是赶忙放下手中活计,起身赶去内屋。我抬头看看母亲的背影,不语,继续低头阅读。

母亲回来,说,幸好汤还没溢出来,不碍事,不碍事,已经把火关掉了。边说话,边笑着,像是一个侥幸躲过父母指责的得意小孩。我朝她微微笑,示意她继续坐下晒太阳。

母亲又开始忙手中的针线活,似乎是一个打盹的时间,母亲突然又大叫起来,说厨房还在煲汤,已经很久了,怕是要溢出了。这时,我起身拉了拉母亲胳膊,示意她刚才已经将火关掉了。可是,母亲不信,用怀疑的眼神看了看我,然后去了内屋。

母亲回来了,一改刚才的惊讶和担忧表情,又是孩子般的笑,说火确实是被关掉了,记错了,记错了。这一次,我在母亲身上打量了许久,忽然发现,母亲不能再像以前那样精明果敢,按时按点催促我起床上学或做作业了。

她老了,面容憔悴,两鬓横生白发了。

这样的老,我措手不及。

清晨,我在厨房间洗菜,母亲在客厅擦拭餐桌。

"妈妈。"我轻声喊了下母亲。

未见回响。

"妈妈,过来帮我一下。"我提高分贝再次喊了下母亲。

仍是未见回响。

于是,我探出脑袋,望向客厅的母亲,"妈妈,过来下。"

母亲似乎还是没听到。

我显然有些生气,放下塑料盆中的蔬菜,走过去问道:"妈妈,我叫您没听到吗?"

母亲愕然:"啊?你叫我了吗?我没听到啊。"

"是啊,都许多遍了。"

"真没听到。"……

见母亲一脸无辜又歉意的样子,我便也不再生气。可等心平气和安静下来后,望着母亲忙碌的背影和干瘪的身躯,我的眼眶突然就红了,那么不经然,想掩饰却又不由自主。

是的,母亲她老了,老得让我如此无能为力。

曾经都是母亲唱着儿歌哄我睡觉,如今,却得要我和母亲谈我在外面工作的事,听得心满意足了,她便也睡着了。曾经都是母亲拉着我的手过马路,嘱咐我过马路前,要左看看右看看,确认没车后再过去,大手牵小手,温暖无限。可如今,再和母亲一起过马路时,我突然发现,母亲的身高只及我的肩膀处。曾经长发飘逸,从来不想闲在家里的她,如今却白发斑驳,除了家,哪也不想去……

是的,她老了,在那么一个当我们还沉溺和缅怀在母爱之中的眨眼瞬间,她就老了,没有任何的预告,没有任何的心理准备,没有……

有人说,人的一生只有两个朋友,一个温柔了岁月,一个惊艳了时光。我想,在我们的生命中,有这样一个非常珍贵的朋友,既温柔了岁月,又惊艳了时光——她就是生我们育我们给予我们生命养料与知识的母亲。

可是,她现在老了,这是不争的事实,我们任何人都束手无策。

这就是时光的残忍处。

现在都不敢提及母亲二字,一提,忧伤便会迅速布满心房,仿佛眼泪,容不得轻微地触碰,说流便流了。

那么,她老了,我们该怎么办?

去向美好的旧时光,为自己那正享受着的不以为然的爱道歉,好好珍惜那剩下的光阴吧。从今天起,好好爱她,是我们生命中全部的使命!

【摘自《中国国土资源报》2013年5月10日】

我把少年寄给你

◎清 忧

扑面而来的风月

那是阮筠庭人生中最美丽的三月。那天她给客人下完饺子,像往常一样靠在店堂后厨房的门上,看着旧街道上那灰败的老建筑,每扇窗户都紧闭着,世界与世界之间被一个叫战乱的名词所隔绝。

远处突然响起一阵阵急促的脚步声,就在她准备关门时,突然怔住了。她看着从远处奔跑过来的那个少年,周围的喧嚣声戛然而止,周遭风景停顿。那是她从未见过的一张脸,那张脸上似乎有一种光束,一时之间就令她有了措手不及的慌乱。她很快镇定下来,准备关上后门。就在她关门之际,一道身影一闪而入,身形灵巧似一只狸猫——正是那奔跑过来的少年。他的一双眼睛靠近她,远处那繁密的脚步声将遥远的静谧剪破。她只听到他急促的声音:"帮我。"

她的大脑嗡嗡作响,她大抵知道这是怎么一回事。她将他拉到灶台后面,那里的柴垛中藏一个人轻而易举。那些脚步声远去了,面孔瘦削的少年从柴垛中钻出来,脸上有淡淡的青紫色,她看到他的笑,温暖而柔软。他说:"谢谢你,我叫宋远乔。"

这是她与宋远乔的第一次见面,两个人都是被仓促剧情推上台的演员,没有过多交集与台词。过后她才知道遇见他的那天是惊蛰,意为春天到来,蛰伏在地下的动物将要苏醒。

那些微薄的幸福

宋远乔再次敲开她家门的时候,是一个黄昏。当时她家正在吃晚饭,她怔怔地张着嘴,睁大眼睛,才确信自己不是在做梦。此时的他是来寻找工作的,他所在的学校被查封了。这座城市开始戒严,他是外地人,没有地方可以去,所以想找一份工作暂时保障自己的生活。

她央求父亲留下了他,他开始在饺子馆做小工。饺子馆因为他的到来,渐渐有了生气,总有三三两两的年轻人以他的朋友之名前来捧场。她其实并不是什么都不知道,就如同他并不是真正想屈身于饺子馆用简单的劳动换一日三餐。他和那群年轻人在乱世之中,有太多的热情与信仰需要在这千疮百孔的大地上倾注。她从来不点破,任他拿饺子馆做屏障。

那一天的凌晨跟以往一样,她刚刚擀好饺子皮,就听到搜捕的人群脚步已经踏响在饺子馆外的石路上。在那电光石火的一刹那,阮筠庭突然有了一种从未有过的勇气,她上来抓住他的手,镇定自若地说道:"别怕,有我。"

她轻轻地拉住他的手,拨乱自己的头发,衣襟已经敞开,他们就像一对缠绵不已刚刚从床上起来的恋人。搜捕的人并没有怀疑与为难这对小恋人。

可被惊醒的父亲并没有那般容易打发,未婚男女做出如此苟合之事,要背负的骂名与羞辱难以想象。可是她并不觉得后悔与害怕,她与他终于手握着同一个秘密。她想,他总是会感激她——她为他解围,为他编造谎言,他是否像她一样一颗心震荡难言?

那个时候的她并不知道她的那个举动烧灼了宋远乔的心,她眼睛里的相信与支持迅猛地扎入了他的心脏。在那个特殊的年代,他一个人已经奔波得太久,如今终于有一个地方让他看到了支持与安心。

爱情牺牲了它原本的朝朝暮暮

盛怒的父亲将她关在柴房之内,不许她进食,也不许外人接近她。她不知道宋远乔是怎样向她严厉的父亲许诺,才使她从柴房出来。

此后的几天,饺子馆老板的女儿要结婚的传言,在这麻木的小巷中成了唯一能慰藉人心的良方,家里开始有同乡陆续前来道喜。饺子馆略微刷过的房子便是他们的新房,他们坐在新房之内,彼此相视而笑。她问:"宋远乔,你为什么要娶我?"

他并没有立即回答这个问题,而是像所有新郎拥抱新娘一样抱着她:"你父亲说我若不娶你,就将你送到偏远的山区嫁掉。他说这是他保全自己名声的唯一办法。筠庭,谢谢你为保全我而那样做,所以我也必须要保全你。"原来这就是他答应婚事的理由,阮筠庭心里有些酸楚。可是他的拥抱那样炙热,她只祈望就那样拥抱下去,永远不要停。

城市里,只要深吸一口气,就可以闻到浓烈的硝烟味。偶尔会有一阵或长或短的枪声,街道上行人逐渐稀少。阮筠庭内心突然觉得惶恐,她知道有些人总是要走的。

宋远乔决定离开的那一天,将她拉到饺子馆的外面,他说:"阮筠庭,你等我回来。"

"你可以不走吗?为了我留下来,或者带我同行?"这是她所想到的卑微渺小的挽留方式。

"阮筠庭,我必须要离开这里。原谅我不能带你同行,因为以后的日子我将要流离失所,风餐露宿,那样的生活难以想象。"宋远乔的神情空旷而又遥远,他说这些话的时候没有看她的眼睛,对着远方的天空像是喃喃自语。

她没有哭闹,她拼尽所有的勇气摸着他渐渐消瘦的脸,她知道自己不能自私地将他留在身边,那样,等待他的将是迅速地苍老与枯萎。"你去吧,我会在这里为你祈祷。总有一天你会安然回来,那个时候将不再有烽火与侵略。"

她刚刚说完,一枚藏银的戒指套在了她的指尖。"阮筠庭,如果我能活着将侵略者驱逐出去,我一定回来找你。"

这样的离别场景!他或许是爱过她的吧?她没有深究。

他是在她熟睡的时候悄然离开饺子馆的。其实她并没有睡着,只是不敢发出声响。她悄悄跟着他的背影穿过哈尔滨的大街小巷,直到他消失在城门口,才悄然回家。

生命将与它合二为一

宋远乔一直未回来,而她守着一枚戒指度过了小半辈子。这枚戒指为她避过了很多上门提亲的人,却没有为她避过那一场灾难。

不知是谁将她的故事渲染成另一种色彩,故事里的男人已经远渡重洋,而另有目的地将她留在国内。在那个风声鹤唳的年代,这个故事使她背上了"牛鬼蛇神"的骂名。

她每天早上出去,被迫跪在那方小小的台子前,接受所有人的谩骂与羞辱,晚上一个人顶着星月,扫着漫无尽头的长街。可是不管怎样逼迫,她都没有将自己与宋远乔划清界限,也没有交出她与宋远乔之间的唯一信物。为了一段往事,她甚至觉得死而无憾。

生活终于稳妥安静了,日子平淌顺流。就在阮筠庭以为自己的一生将要被淹没的时候,她收到一封来自彼岸的信,启开时看到"宋远乔"三个字,她竟然那样平静。

他信中的无数个汉字,她都不记得了,只记得他在信的末尾说:"阮筠庭,你等我回来。"

那几个字成了她最固执的信仰。最终有一天,她被带到了宋远乔的身边。她看到他花白的头发,他那深情而又迷茫的眼神,然后她看到他的肩膀开始轻微地颤抖。她想仰起头像少女时那样对他笑,可是她的眼泪那样澎湃地掉落下来。

他丢掉手中的拐杖,将她慢慢拥到怀里,在一片寂静里他低下头轻轻地说:"筠庭,在对岸我常常做同一个梦——还是三月的哈尔滨,我看到当年奔逃的少年被你牵着手带回家。在梦里我并不知道那是我,然后我在心里想,这两个人真幸福。可是转眼梦醒,我才发现那是我,可我却无法回到你的身边。"

他声音哽咽,眼睛中重新浮动着细碎的波光:"阮筠庭,我从来不知道那场战争会将我们分隔大半个世纪。那年离开的时候,因为怕太牵挂,所以很多话都没有和你说。我以为战争会很短,而我们的时间会很长,可是一个转身,很多人就因为战争而从生命里离开了。其实筠庭,当年我未说的话就是'我爱你',所以这些年我一直未另娶,只等着回来找你。"

随光阴流过的几十年,阮筠庭觉得像一部未完待续的小说或电影,在宋远乔拥着她说"我爱你"的那个瞬间,终于画上句点。

宋远乔的探亲之旅终于圆满,在他回去的那天,阮筠庭亲自送他离开。在人来人往的机场,她望着戒指,再看着宋远乔慢慢钻进离别的人群,慢慢成为黑点,她才蹲在地上任眼泪弥漫了整个眼眶。

超越半个世纪的等待,随着流年被碾成了回忆。这些年她与宋远乔隔着海岸线,他们错过了彼此亲吻的机会,错过了在洪荒岁月跌撞走过时支撑对方的机会,错过了为彼此拔白发的机会……但她绵绵的情意,至少是他在这座城市最深情的眷恋。她不知道心与心之间最近的极限是什么,她只知道因为有爱,所以她与宋远乔凭借着一枚戒指、一句承诺而彼此异地相守了多年。

后来的阮筠庭和宋远乔一直保持着联系,只是彼此谁也没有再提结婚的话题。在他们的心里,那枚戒指就是彼此岁月里最珍贵的婚书。

时光总会这样,靠近,因为某些原因而消逝,然后退场。一生辰光悉数被时光掩埋,却总有一些东西不会消失,就如同她手上这枚已经斑驳的戒指。让那些怀念的人就记得这些吧。

【摘自《许愿树》2011年第5期】

约　会

◎羊　白

我是前几天来到大山深处的石板镇的。小镇景色优美,民风淳朴,有一种世外桃源的感觉。

坦白说,我此行的目的,是为了赴一场约会。然而那个网名叫小灯笼的女子,却迟迟没有出现。我给她打电话,她说错过了班车,要徒步上山,可能得两三天的时间,希望我能原谅。

一个女孩子家,徒步上山,这在我听来有点天方夜谭。网恋嘛,谁又能完全当真?因此我并不伤感,即便这小女子看不上我,临时变卦,也没关系呀。这里空气新鲜,景色宜人,权当度假好了。我想在这宁静的小镇好好休养休养。

因为各种原因,小镇上老是停电,因此就需要蜡烛。

我到就近的杂货铺去买,回答没有。我再到第二家杂货铺去买,还是没有。因此我不得不到第三家杂货铺去买。铺主人同样平静地告诉我,没有。

我纳闷了,一个镇,怎么连卖蜡烛的都没有?铺主是个精壮的汉子,他嘴里叼一根烟,正俯身弯腰抱着一个大茶缸。对我的疑问,他懒得解释,只淡淡地说,利润太小,不划算。

在我印象中,小镇上大致有四家杂货铺,失望之余,我打算到剩余的那家去碰碰运气。

汉子看出我是个新来的,直截了当地告诉我,那家也没有,你到街尾的老阿婆家去买吧,她那有蜡烛。

我将信将疑,顺着石板街一直往前走,走到街尾,在一个缩进去的空当里,果然有一个简陋的摊位,摆着一些竹编的用具和长长短短的绳子,看上去生意清淡,并没有什么顾客。

摊主是个八十多岁的老阿婆,她对我的到来视而不见,正埋头认真地搓着一根青色的草绳,那编好的部分,蛇一样缠在她的胳膊以及脖子上,再加上她正对着我的一头鸡窝样乱蓬蓬的花白的头发,使我不由感到一种惊悚的意味。

有蜡烛吗?我低声问。老阿婆看看我,这才停止劳作,欣然从木板架下摸出一包。接着老阿婆开始热情地唠叨起来,说她编的草绳如何如何好,只是由于人老了,编不动了,编草绳这活路,手上得有一把力气……付钱的时候,我问老阿婆,生意好吗?老阿婆笑呵呵地说,好、好、好,这不老停电吗?转而一想,话不妥,忙又说,不过老停电,也不方便哟。

一通寒暄之后,老阿婆斜起胳膊有些吃力地把蜡烛递给我。我这才发现,老阿婆的下身不能动,估计是半身瘫痪。我冲她笑笑,慢步而去。

两天过去,依然没有小灯笼的消息。我猜,这家伙说不定又忙着和别人恋爱去了,想想,给她发去一条短信:祝你好运!我依旧在山上。

过了一会,她也礼貌地发来短信:也祝你好运,山里很美吧!

因为停电,小镇的夜晚就更显宁静。我独自漫步在石板街上,夜风凉凉,山野寂寂,唯烛光融融,从各家的窗户里探身出来,有梦境的迷幻。

我来到汉子的杂货铺,顺便买点东西。又闲聊起蜡烛的事。我说,小镇上老停电,蜡烛生意应该不错,你为什么不进一些呢?

汉子笑而不答,吐几口烟圈,这才慢条斯理地给我说起街尾老阿婆的事。

早先,老阿婆的丈夫是镇上有名的教书先生,说一口上海话,为人和气,斯斯文文的,文化大革命那阵却成了批斗的对象,被抓去干校改造。老阿婆独自带着两个儿子,以搓草绳为营生,日子过得艰难,却也总算熬了过来。

后来政策好了,教书先生也放了出来,却没再回来,而是去了上海,据说在某大学当了教授。再后来,才知道教书先生在上海是有心上人的。老阿婆是个倔强的人,他不回来,她也绝不去找他。她倒要看看,他管不管两个儿子?

有一年,教书先生总算回来了。他回来,是要带走两个儿子,让他们去接受好的教育。后来两个儿子也在上海安了家。他们接老阿婆去上海,可老阿婆不肯,一直独居。她把老教授几十年寄给她的钱,全捐给了镇上的妇幼保健站,把儿子们给她寄的钱,捐给了镇上的小学。

再后来,教书先生和两个儿子先后离世了,老阿婆却活着,风烛残年,依旧倔强,不轻易接受别人的施舍。无奈之下,小镇上的几家杂货铺商议之后,偷偷达成了一个秘密的约定:不卖蜡烛。

漫步在寂寂的石板街上,想着汉子刚才的一席话,震惊之余,我这才明白,小镇的夜晚原来是老阿婆一个人的蜡烛照亮的。这氤氲朦胧的烛光,弱小如橘,给予世界的,却是无与伦比的美丽和善良。

我承认我被感动了！

梦境的迷幻中,我看见一个女孩正笑语盈盈地从石板街的那头向我走来,向我招手。

"小灯笼?!"

我这才醒悟过来——这个家伙,原来是在考验我呀!

迎着她的招手,我在长长的石板街上慢镜头地奔跑起来,在美丽的烛光里,赴我们的约会。

【摘自《今日文摘》2013年第16期】

大悲咒

◎丛 桦

一

10年前,我去采访石马街一位老太太。

那年她77岁。1947年的秋天,23岁的她与21岁的表弟结婚。他们的婚事是双方父母多年前的约定。结婚18天后新郎去邻县办事,后来便随大哥、二哥去了台湾,从此不得再见。此后的60多年中,她做梦都想见到丈夫,直把一头青丝熬成银发。

"我一定要去台湾找他。"采访中,她不停地重复这句话,以至我马上想起"死不瞑目"这个词,以至我采访结束后多年都被这句话揪着。

这不是小说。这是一种古典主义的现实。

她丈夫的确在台湾,也曾在去台湾后给她写过一封信,在信中,丈夫告诉她"回来遥遥无期,不要等我,你另寻幸福"。但她认为分别是暂时的,是战争造成的,丈夫一定会回来。她说,他走那天早上,还笑着对她说,你在家,要好好照顾老人,我办完事就回来。

新婚 18 天,说长不长,说短也不短。但在她 40 岁时,石马街组织妇女体检时,医生发现她竟仍是处子之身。

上个世纪八十年代后,她丈夫与石马街的亲戚屡通音讯,却没有给她任何消息。他对她这种铁铸般的死默,更坚定了她的信念。她要去台湾,找到他,问她是不是他的妻子。

这无法实现。我想。

二

老太太满脸网纹,但面目可亲,没有丝毫我想象的怨妇神情。她始终微笑着向我回忆,即使说到断肠处也不落泪,真是坚贞。她家摆设简陋,连电视也没有,卧室的墙上挂着几个木制相框,每个相框里面都是丈夫的照片,都是同一张照片。这张照片是丈夫寄给石马街的亲戚,她要了来翻拍、放大的。照片里的人 50 多岁的样子,五官端正,带着黑框眼镜,微胖的,没有笑意。

建国后,大嫂二嫂相继改嫁,公公爹爹婆婆妈妈也都劝过她。她本可以生儿育女,过上热气腾腾的红火日子,儿孙绕膝,怡养天年。但她不,只是等。

石马街是这县城中一条古老的街,凡住在这条街上的人,多数是县城的原住民。石马街没有马,有一排国槐树,开淡绿色的小花,一边开,一边落,使八月的石马街仿佛总是下着零星小雪。有一个终年咳嗽的老汉,永远穿着黑色的衣服,永远一个人,永远咳嗽着向南一趟,向北一趟,西天的太阳被他的咳嗽一声一声震下去。

除此之外,石马街有一户人家,常播放大悲咒,那招魂似的声音使这里成为一个形散神不散的大千世界。

那纶音佛语一响起,我便叹想,人生在世,为什么这样的缥缈。那老汉,那放大悲咒的人,那老太太如果还在,快 90 了吧?石马街是一条带发修行的街吗?

三

4 月的一天,一位朋友突然向我爆料:"老太太去台湾回来了!"

我顿时热泪盈眶,同时立即意识到:这是一个百年不遇的重大社会新闻！这将是我采访史上空前绝后的事件！这真是一个让人飙泪的喜剧！

我的脑中立刻出现无穷的问号：

她还活着？

她丈夫也活着？

她怎么去的？她无儿无女，无亲无故，又是风烛残年。

她丈夫成家了没有？

为什么不与她通音讯？

一切都有答案了吗？

她简直是一个传奇。

我简直不敢相信。

于是十年后，我再次来到她家。门开了，一张慈悲的脸马上与十年前我的记忆重合，只是她的笑容深了。

她已经不记得我，但听说我的来意后，马上扯着我的手，叫我："丛姑娘。"一刹那我觉得仿佛穿上古装，进入了三言二拍。

说起台湾之行，她幸福、喜悦，说自己"终于从地狱里走出来了"。

四

年过 8 旬之后，她感到去日无多，更因病痛缠身，生活不能自理而开始绝望，常对照顾她的邻居说："死了吧！死了吧！死了吧！"谁知绝处逢生，今年春天，一位陌生的好心女士帮她圆了梦想，资助并陪同她飞往台北。

她找到他了。出人意料的是，自 21 岁来到台湾，他竟也从未再娶，一直单身。在台北市北投区他的家中，她看着他，轻声叫着他的名字说："我来看你了。"她叫得那么自然、亲密，一如 60 多年前。

他愕然。

她微笑着，说："我是李玉秀，你的妻子，这些年我都想见到你，我想你呀！"她坐向沙发，就像那是她家的沙发。

他拍拍她的胳膊说："没事你走吧，我要吃饭了。"

她依旧笑意盈盈地看着他说："我和你一起吃。"

……

她选择性地告诉我他们见面的情形,隐去了他的绝情话。包括他说:"我不认识你。"包括谈起父母和家乡时,他说:"我没有父母,没有家。"

这些,她没有说,她只是认真地用她自己的左手和右手,不止一次地向我还原那个他轻轻拍她胳膊的动作。那个动作,应该是他们结婚后 60 多年来唯一的一次肢体接触吧。

我问:"你哭了吗?"

她说:"没哭,我笑着。"

"他那个家脏的,乱的,比我这个家还乱,一看就是一个人……"向我说起他的困顿孤苦时,她终于落下了泪。

采访结束时,老太太问我:"你说怪不怪,怎么他也是一个人呢?"

我想了想,说:"他心里有你,记着你。"

她含笑点头,竟有些羞意。

一个没有再娶,一个没有再嫁,这使她百感交集,觉得脸上有光,同时又给她带来希望。她一直活在自己一厢情愿的幻象之中。她不愿意接受,他们的悲剧,不是战争的悲剧,是爱与不爱的悲剧。她不愿意承认,他从没爱过她,而她爱他,心里只有他。她不能理解,同是形影相吊,他的痛苦其实比她更为深重,天涯沦落,家业荒芜,无力衣锦还乡,他早已万念俱灰。于是 60 年前,她自喜郎君如意,他无奈奉命成婚;60 年中,她心心念念,他无影无踪;60 年后,她跋山涉水,他拒之千里。

从台湾回来后,邻居都以为她了却心愿,身体和精神会垮了,商量把她送敬老院,但她仿佛活回来了,一扫沉沉暮气,变得神采飞扬,说:"我不去敬老院,我要在家等他回来。"

【摘自《中外文摘》2012 年第 8 期】

特别的钟表

◎汤园林

中午打电话给父母,告诉他们,晚上六点,我乘坐的火车会准时到站。母亲在电话里惊呼:也不早点说,我要买你最爱吃的菜,还要给你打扫房间,也不知道来不来得及。

火车晚点,不过还好,只晚了十分钟,多听一两首歌的功夫。走出车站,一眼就看见父亲站在寒风里,正焦急地盯着走出来的每个人。看见我,他一个箭步冲过来,一边抢过我手中并不沉重的包,一边不满地嘀咕:"都晚了十分钟了,还以为出啥事了呢,把我急坏了!"

一路上,父亲一直在念叨这十分钟,为这十分钟愤愤不平,不知道的,还以为他日理万机,十分钟能干出经天纬地的大事来,其实,他一天光晒太阳就不知道要浪费多少个十分钟。

回到家,母亲一边忙着从厨房里端菜,一边大声嚷:"怎么那么晚啊!我还以为出啥事了,急得我坐立不安,跑出去看了几次!"

不过区区十分钟,在父母看来,居然比十个小时还要漫长,这十分钟里,他们从满怀期待到失落,到担心,到害怕,每一种情绪,都像鞭子一样,狠狠地抽打着他们的心。

在家待了足足半个月,临走时,母亲轻轻地叹气:"时间怎么那么短啊,你又要走了!"

父亲也在一旁附和:"是啊,这一走,又得好长时间!"

十分钟的等待,他们嫌太长,半个月的相聚,他们又嫌太短,实际上,我基本上每个月都会回家一两次,分开的时间不会比半个月长多少,可是,被父亲这么一说,仿佛我一去不回似的。

这样的情景,总是时常上演。

那年高考，从考场里出来，母亲一边递上水，一边长舒一口气："终于出来了，时间真长啊，站得我两腿发软！"而当高考结束，我背起行囊准备奔赴大学时，她又有些失落地感叹："时间真快啊，不知不觉，你都高中毕业了！"整个高三，三百多个日夜，她忙着给我做营养餐，帮我买各种资料，比我还要忙还要累还要紧张，在她看来，却比区区的一场考试短暂。

每年开学，父亲都要陪我去学校报名，从幼儿园到大学，从未缺席。每次，在排成长龙的报名队伍里，父亲总是焦急地搓着手，不停地引颈张望，并不满地嘀咕："怎么还没轮到我们啊，都等那么久了，不知道今天报不报得上！"其实，他等待的时间从来不会长过一个小时。而当我大学毕业，终于不用再报名时，他又有些伤感地感慨："唉，一眨眼，你都长成大人了，真快啊。"

在父母那里，时间总是显得如此不合理，与世界上所有最精确的钟表背道而驰。等待儿女的时间，为儿女争取利益的时间，他们总是觉得太长太长；和儿女相聚的时间，伺候儿女的时间，他们又总是觉得太短太短。

我想，每个父母心里，都有一个特别的钟表，这个钟表，用奉献做壳，用爱做指针，它为我们走过的每一分每一秒，都是爱在跳跃。

【摘自《太原日报》2014年7月18日】

爱越多，越爱表达

◎【美】梅尔·布兰科 韦盖利/编译

他们告诉我，我是好莱坞有名的"有1000种嗓音的人"。像大多数"好莱坞商标"一样，这是夸张的说法，但说到嗓音，我确实有好多种。卡通人物宾尼兔、达菲鸭、啄木鸟伍迪、波基猪、西尔维斯特猫和崔迪都是我的密友，我有充足的理由这样说，因为他们说的任何一句话都要借我的声带来发音。为动画人物配音是有趣的工作,薪水也很高,还能给人们带来无邪的快乐,我不会换工作。

但几年前,我发现自己的内心有一个声音,一个以前我自己不太注意的声音。我相信,我们每个人的内心都会有那样一个微弱的声音,但我们都太忙,都静不下心来,听不到它。直到某个时候,突然一阵电闪雷鸣,在随后的静寂中,我们才听到它。

对于我来说,那次电闪雷鸣几乎夺走了我的命。我开运动型小车转弯时,迎面撞上了一辆失控的车,那辆车是以每小时90英里的速度撞上来的。

救援人员从汽车残骸里把我救出来,送到医院,检查发现只有我的左臂没断。从麻醉药中清醒过来,回到疼痛的世界,我首先看到的是坐在床边的杰克·本尼脸上那种难过的表情。我与杰克合作多年,我们是很要好的朋友。我打起精神,小声说,:"我会度过这个难关的,杰克。"他说:"必须的,因为我的电影离不开你。"我虚弱得不能回答,但他看到我眼中闪亮的泪水,知道我听懂了。

那次车祸使我听到了内心的声音,那声音不是逐字出现的,更象突然明白了一直在身边的一些真理———一些以前我一直没有耐心、一直没有集中心志去弄明白的真理。

我以前一直对自己有嗓音天份没有感激之心,我从读小学时就开始利用它来逗乐别人,从1938年跟时代华纳签订合同为宾尼兔配多种嗓音以来就当成专业来发展。但现在,我开始意识到,天份只是上天的礼物,这礼物随时会消失,无功而受的礼物只有对施礼者抱有不尽的感激才可以长久拥有。

在车祸发生前几年,一个叫哈里·兰奇的朋友在表演时突发心脏病。我照顾他足足26个星期,工作室每到发薪的时候都把他的薪水送到他妻子那里。车祸发生后,情况转过来了。有个有天赋的朋友谢普·孟金主动来帮助我,他说:"你躺在床上的时候,我来替你配音吧,我保证你的家人拿到钱。"但我拒绝了他的帮助。

我被石膏固定，躺在床上整整一年，多亏了家人无微不至的照顾。心灵手巧的妻子把我们家变成了疗养院和工作室的结合体，我在家里配合时代华纳125人的工作。

在身体恢复的漫长的时间里，一个我以前曾经以为其傲慢、虚假的副手来看我。我内心的那个声音悄悄对我说："你认为这个人存在的问题，那是你内心对他的敌意的反映。"所以，我坦率地跟他说，我以前对他的判断错了，希望我们能成为好朋友。他的第一反应是惊奇，接着感到了温暖和自责。从此以后，我知道了，其实把敌人变成朋友真的很容易。

但内心的声音教我的最有价值、最简单的东西是表达爱意的重要性。我认为自己在车祸之前比跟其他人一样忽略了这一点。但躺在床上不能动之后，我就回忆起过去我对人们表达感激他们的友谊的时候太少了，感谢他们关心我的时候太少了。我决定开始努力去弥补，我对杰克·本尼说："我想让你知道，我非常仰慕、感激和敬爱你；我想让你知道，你的友谊对我很重要；我感谢命运让我闲下来，让我可以跟你说这些。"

我也向别的人说这些感受，或许他们有点吃惊，或许那一瞬间甚至有点尴尬。但每一次，我都感到我们之间的联系更加温暖、更加亲密和有力了。

今天，我拄着拐杖走路，但比在床上躺着不能动好多了。这段时间，我陆续参加了一些给年轻人或由青年向中年过度的人带去快乐的活动。

有时候我是《弗林特斯通一家》里"吱吱"叫的宠物恐龙，有时候我是打嗝的迪斯尼猫。但相信我，我是快乐和积极的，因为我发现，你表达的爱意越多，你越喜欢表达，而你收获的爱就越多。不必等到死亡之门向你打开时才学会以上这一点，任何男人或女人都可以有一千种声音，因为至少有一千种方式说"我爱你"，而且所有的方式都是好方式。

【摘自《做人与处世》2014年第4期】

活着，是为了爱

◎【捷克】米兰·昆德拉

不久前，我和儿子去庞普维尔打猎。当时已是严冬时节，是一年中最冷的日子。我们本可以同其他打猎的人一起住在有取暖设备的活动住房内，我儿子却说："不，爸爸，咱们就住在帐篷里艰苦一下吧！"

起初我们让火燃着，后来火慢慢熄灭了，我们进了帐篷睡觉。半夜儿子醒了，他的睡袋湿了，哈出的气在脸旁结了冰。他索性起床，拉开帐篷走了出去。他喊道："爸爸，快起来，你看，多美啊，我能看得见所有的星星！"他的喊声中充满惊奇。

我把头伸出睡袋。天上的星星极其明亮，看上去好像降低了，离我们更近了。地上的余烬还在闪烁，火堆四周围了一圈石灰石。这一切构成了一幅美丽的画面，真是美妙无比。

在我看来，这就是生活。那一夜所感受到的快乐就是生活的真谛。虽然身处逆境，但因为有美在生命里，有温暖和亲情的陪伴，一切都显得那么明快，不带一丝一毫的灰暗。

野生动物学家西尔维斯特·索罗拉认为，生活中每件事的发生都为人们提供了一个选择爱、克服畏惧的机会。生活中一切美好的事情都是由于选择了爱的结果，爱即是我们与生俱来的欢乐、希望和对精神上的追求持认可态度。或许你觉得自己不够好，自己的功劳不够大，因为社会告诉你，成功来自获得物质的东西。但是在内心深处，你认识到，生活的意义不止于此，而这种渴望就是对爱的渴望。

活着，是为了爱，面对困境甚至死亡，从中学会爱，并懂得如何珍惜爱。于是，当我们有所经历时，更多的人会抱着一颗恻隐之心来看待自己生活着的世界，更多的人会出于爱的原因而能设身处地为他人着想。

【摘自《文苑·经典美文》2012年第11期】

为爱担保

◎【巴西】尼曼　徐立新/编译

他十分不解:"是什么原因让信用社改变主意了呢?"

"也许是爱,无私的真爱!"我微笑着回答。

作为巴西阿克里州农村信用社的一名工作人员,我的主要工作是为那些申请贷款的人服务,受理他们的贷款申请,交由审核部门审核。

这期间,我认识了一个叫莫西尼的中年男子。每个月的第一天,他都会准时来到登记大厅,向我要一张申请表,然后请登记大厅里的其他申请人帮他填写申请表。

可是,莫西尼的这种行为在我看来完全是没有意义的,因为他要申请的贷款金额不菲,折合约5000美元。而在担保条件这一栏,他只写着:可在6年内分期还清贷款。

将这样的承诺作为担保条件,当然无法通过审核。但莫西尼不死心:"请帮我再申请一回,求您了!"他每次都这样说。而我能做的,也只能是每月替他递一回申请表,其他的实在无能为力。

一年后,我被调岗为一名乡村信贷员,负责州内几十个乡村的贷款发放事宜。此时的莫西尼还和两年前一样,每月都去信用社填写贷款申请表。

有一天,我脑袋里突然冒出个想法,去莫西尼的家里看一看,了解一下他到底为什么要贷5000美元。之前,他从没告诉过我这些钱的用处。

按照申请表上的地址,我很快就找到了莫西尼的家。那是怎样的一个家呀,真的是家徒四壁,不过收拾得相当干净整洁。

莫西尼不在家,一个30多岁的女人接待了我:"尊敬的信贷员先生,请原谅我这么久才开门,因为我的眼睛不太好。"

当这个女人站到我面前,我才发现她的双眼几近失明。"莫西尼贷款是为了给您看眼疾吗?"我试探地问。

"是的。里约热内卢的医生说,我的眼睛只需要动个稍微复杂点的手术就能复明。莫西尼说,到那时我就能看到这个美丽的世界,还有我们将来漂亮、乖巧的孩子。"女人的脸上挂着一丝羞涩。

我有些感动。"那么,为什么莫西尼说他能在6年内分期还清贷款?""哦,因为莫西尼的工作还不错,收入比较高,他在一所小学当司机。"

我很惊讶,但控制住了自己。

"莫西尼是个好人,他为了安慰我,每次一回家就把自己也扮成一个盲人。他说,这叫'患难与共'。"女人继续说道。

我不知道说什么好,匆忙告辞。在回来的路上,我恰巧碰见了莫西尼,他拄着一根拐杖,摸索着艰难前进。是的,莫西尼是一位盲人,这是一件除了他的未婚妻外,大家都知道的事情。而他的真实工作,是帮路人按摩,以赚取微薄的收入。这也是信用社一直不愿贷款给他的真正原因。

又过了一个月,莫西尼高兴地告诉我,他的贷款批下来了。他十分不解:"是什么原因让信用社改变主意了呢?"

"也许是爱,无私的真爱!"我微笑着回答。

莫西尼并不知道,我在他一个月前提交的贷款申请担保条件一栏,偷偷补充了这么一句话:信贷员尼曼自愿用一年的工资收入为莫西尼提供贷款担保。

【摘自《特别文摘》2013年第11期】

你是我的药

◎张毅静

起初,伊丽莎白·巴莱特家里的光景是很不错的。她有11个弟妹,有极其宠爱她这个长女的父母,一大家子人住在英国西部风景如画的乡村里,美丽聪颖的她简直就是茜茜公主。可惜,命运只给了她短暂的美好时光。15岁她从马下摔下来跌伤脊椎,23岁时母亲去世,接着,最心爱的一个弟弟因为陪伴她去异地养病,意外溺死。魔咒之下,父亲的事业开始衰落,他变成了一个易怒、暴躁、行为乖僻的老人……

后来,她和家人住在了伦敦的温波尔街。她把悲哀、内疚、痛苦和希望一并写进诗里。1833年和1838年,她先后出版了《被缚的普罗米修斯》英译本和诗集《天使们》。伦敦阴冷潮湿的气候使她的健康状况越来越坏,整个夏天,她强打起精神让人抱下楼晒一两次太阳;整个漫长的冬天她都只能蛰居在床上。若不是有诗,这个女子这辈子也许就这么完了,看到她这样的诗:"我一环又一环计数着周身沉沉的铁链",让人心酸。

上帝派来拯救她的天使,化名罗伯特·白朗宁,时年32岁。她比他大6岁。不久前,38岁的她偶然看到这个年轻人的近作《石榴树》,感觉不错就给了较高的评价。她是已经成名的诗坛"大姐大";罗伯特是一个诗人,也是一个戏剧家。他喜欢用心理分析手法来讲述故事,但这种尝试却遭到了很多人的非议,这种状况让他孤单而又绝望,"举世难逢一知己,谁人解我曲中意?"写作的人得遇前辈的好评,强烈的喜悦酝酿成澎湃的激情,他抓起笔来就给她写了这样一封信:"亲爱的巴莱特小姐,你那些诗篇真叫我喜爱极了……而我也同时爱着你!"

接到信,她笑了,心想,真是个爱激动的傻孩子!爱我?爱我什么？我这个样子，还会有人爱？

但"我爱极了你的诗篇……而我也同时爱着你"这话犹如一道光，艳艳地照进她幽暗的心房。

诗人对爱的渴望，只会比常人多百倍、千倍，何况，这是38年来第一次有男人向她示爱。

然而她终究是一个有教养的庄重女子，而且年近不惑。按捺下心头的种种思绪，她只是给他回了一封谦逊、亲切的长信，意味深长地说："心灵的共鸣是值得珍惜的——对我来说，尤其值得珍惜……"

年轻人受到了她的鼓励，他的信源源不断地涌到了她面前。文学、艺术、生命、爱情、死亡，他们无话不谈。4个半月，他们互通了几百封书信。红笺小字，层层心事可表。

后来，很自然地，他提出要见面。

可是，她说不。她坚定又软弱地拒绝着。

不是不想见，是因为情怯、因为自卑、因为害怕而不敢见。

感情是至纯至美的东西，她真的怕他承受不住这残酷的现实从她的生命里消失。一次，两次，她都拒绝了，但到第三次，她挡不住了。她想见他的心，哪里就比他少一点点了？

于是在1844年的春天，他走进了她的城堡。

缩在沙发深处的她紧张得瑟瑟发抖，像一朵在风中轻摇的栀子花。常年不见生人、不见阳光，使她有着深闺弱质特有的干净与娴雅，她那种羞答答怯生生的情态使他感觉她像一个睡在篮子里需要人时时照顾的婴儿。他俯下身，牵起她的手，深深地行了个吻手礼……

如果先前他说爱她，那是因为她的旷世才华使他爱慕她的灵魂，那么现在，当他亲眼见到她，他才知道他命中注定要成为她的守护者。于是3天后，白朗宁的求婚信送达她手中。

独自对着那封信，她哭了。但最终她还是理智地拒绝了，并请求白朗宁"不要再说这些不知轻重的话"，否则友谊也将无法维持。

白朗宁体恤地答应了。他知道她不是不爱他，而是自卑深重的她感到无法减缩他们之间的那些悬殊差距,这使她不敢去拥抱幸福。

依然是信件不断,连同一朵又一朵饱满娇艳的玫瑰花,他把自己的心完完全全地摊在了她的面前。她感动地含泪写下了这样的诗句:"我背后正有个神秘的黑影在移动,而且一把揪住了我的发,往后拉;'还有一声吆喝(我只是在挣扎):'这回是谁逮住了你? 猜!''死。'我答话。听哪,那银铃似的回音:'不是死,是爱!'"

在爱的激励下,最震撼人心的事情发生了。每当我想到这里,总要忍不住心潮起伏——这个已经在床上瘫了23年的女子,依靠这个男人给予的爱,居然哆哆嗦嗦地站了起来。

在没人的地方,当她无数次地跌倒又爬起、爬起再跌倒,当她一步一步踏出脚步迈向幸福,任谁看见都会瞪大眼睛:原来那早已经被太多人嘲笑甚至鄙视的爱情,真的具有如此强大的魔力。

有一天,大家都在。她慢慢地顺着楼梯走了下来。所有人都惊呆了。她,伊丽莎白,会走了?

伊丽莎白看着大家,调皮地笑道:"看你们这副样子,就仿佛我不是从楼梯走下来,而是从窗户里走下来似的。"

白朗宁禁不住热泪盈眶。他冲过去,像护着瓷器一样护住她。

爱情是什么? 是光,是力量,是活下去的勇气,是幸福的召唤,是——医我的药。

在短短不到两年的时间里,一个卧床23年的女子不但站了起来,竟然还可以渐渐走下楼,踏上鲜花盛开的小径,沐浴在灿烂的阳光里。也就在那一段时期,她开始写下献给白朗宁的《葡萄牙人十四行诗集》,她的才华在这里达到了顶点。

当白朗宁第三次求婚时,伊丽莎白答应了。除了年龄,现在,他们俩之间已经没有太多阻隔。而年龄,如果当事人不在意,根本不算什么。

可是障碍还是出现了。伊丽莎白的父亲,那个乖戾的老人,坚决不答应他们的婚事。他不答应他任何一个子女的婚事,并以取消财产继承权相威胁。他大发脾气、大吼大叫,把伊丽莎白吓得昏了过去。

苏醒后,伊丽莎白叹了一口气:"爸爸,我不是孩子了,我已经40岁了。我在床上瘫了23年,我好不容易遇到了生命中的爱——除了死亡能够使我们分离,这个世界上再没有任何力量可以拆散我们。"

1846年9月12日,40岁的伊丽莎白和34岁的白朗宁悄悄地举行了婚礼。一周后,伊丽莎白带着忠心的女仆和爱犬,以及那些见证他们爱情的书信,随白朗宁渡过英吉利海峡,畅游欧洲,最终定居在意大利佛罗伦萨。

婚后第三年,43岁的白朗宁夫人生下了儿子贝尼尼。在孩子两岁的时候,他们回到了英国,但她的父亲却不允许她回家。他拒绝见他们,连孩子都不见,甚至把她写给他的信件全部退了回来。伊丽莎白苦笑着摇摇头,父亲可以不认她这个女儿,而她却永远不会怨恨父亲,因为拥有爱的人也拥有宽容。

白朗宁夫妇在一起生活了15年。1861年6月29日晚上,他们在院子里坐着聊天,后来她感到倦了,就偎依在白朗宁的胸前睡去。睡了几分钟,她的头忽然垂了下来。白朗宁夫人躺在她最爱的人的怀里,离开了人间。

你是我的药,有效期15年。

【摘自《读者》2012年第5期】

和在一起的人慢慢相爱

◎慕容莲生

老来多健忘,唯不忘相思

他真是一个可爱的老头,八十岁那年,他在《八十自述》中这样写道:"我从圣约翰回厦门时,总在我好友的家逗留,因为我热爱我好友的妹妹。"

　　这个妹妹名叫陈锦端。他十七八岁时对她心生热爱,相爱却未能在一起,直到八十岁犹难能忘怀。正应了白居易的那句诗:"老来多健忘,唯不忘相思。"

　　有一次,陈锦端的嫂子去香港探望暮年久病缠身的他,当听说陈锦端还住在厦门时,他双手硬撑着轮椅的扶手要站起来,高兴地说:"你告诉她,我要去看她!"

　　他的妻子廖翠凤虽然素知他对陈锦端一怀深情,但也忍不住说:"语堂! 不要发疯,你不能走路,怎么还想去厦门?"想想也是,他颓然坐在轮椅上,喟然长叹。

　　陈锦端若是知晓这些事,心有何想?

将爱情付给了你,婚姻留给了她

　　遇见陈锦端前,林语堂喜欢一个叫赖柏英的女孩。

　　赖柏英和林语堂在同一个村子出生成长,青梅竹马,两小无猜,一起去河里捉鲦鱼捉鳌虾。他记得很清楚,赖柏英有个了不得的本事,她能蹲在小溪里等着蝴蝶落在她头发上,然后轻轻地走开,居然不会把蝴蝶惊走。

　　她还喜欢在落雨后的清晨,早早起床,去看稻田里的水有多深。

　　她笑起来的时候,多像清澈的湖水,阳光洒下来,明媚一如花都开好了的春天。

　　是否每个男人的生命中,都有那么一个女孩,一起成长,谈天说笑,天真无邪的年纪许下许多美好诺言,他说娶她为妻,她说非他不嫁。

　　林语堂爱赖柏英,赖柏英也爱林语堂。只是后来,一个远走他乡求学,他急于追求新知识、见识新天地;一个留在故乡,她的祖父双目失明,她要照顾祖父,最后嫁了本地的一个商人。

　　人人都说,初恋是男人一生都无法解开的魔咒。后来,林语堂常常还会想起,在故乡,有个女孩,她行在清晨的稻田里,风吹树,树上积雨落,湿了她的发梢、她的蓝色棉布长衫,她忽然就笑起来。

时光多疯狂，它使孩童那么快就成长为少年，又推着少年离开故乡，去远方。

1912年，林语堂去上海圣约翰大学读书。这个少年很优秀，在大学二年级时曾接连三次走上礼堂的讲台去领三种奖章，这件事曾在圣约翰大学和圣玛丽女校（此两所学校同是当时美国圣公会上海施主教建立的教会教育中心）传为美谈。然而，于林语堂来说，最好的事是在这儿认识了陈锦端，两人陷入热恋。

陈锦端是林语堂同学的妹妹，用他的话说，"她生得确是其美无比"。才子钟情佳人，佳人爱慕才子。

一切就像小说一样，相爱的男女到了谈婚论嫁之时，女方家长站出来，棒打鸳鸯。

陈锦端出身名门，她的父亲是归侨名医陈天恩，而林语堂不过是教会牧师的儿子，虽年少多才那又如何，门不当户不对，陈父看不上他。

这事情其实寻常，哪家父母不想为自己的女儿物色一个金龟婿呢？

他爱她，她也爱他，但他们中间横亘着一条河。这河不比银河，王母娘娘拔簪划河，而牛郎织女终是夫妻，年年七夕尚能鹊桥相会。而他和她，隔河相望，无桥可渡，绝无成亲机会。

陈父不给这对恋人渡河之桥，但他愿意为林语堂搭另一座桥。陈父对林语堂说，隔壁廖家的二小姐贤惠又漂亮，如果愿意，他可做媒。

这廖家二小姐就是廖翠凤。她的父亲也很不简单，是银行家，在当时的上海颇有名望。

林家父母倒很满意陈父的提议，要林语堂去廖家提亲。

父母之命不可违，林语堂去了廖家。

廖翠凤对林语堂的才气早有耳闻，又见他相貌俊朗，十分欢喜，她愿嫁他为妻。

想想多酸楚，他心中挚爱着陈家姑娘，却要和陈家隔壁的廖家姑娘有媒妁之约。可是，他能做什么呢？许多年后，谈及此事，他不无感慨："在那个时代，男女的婚姻是由父母之命媒妁之言决定的。"

最终他下定决心娶廖翠凤,或许是因为,廖母和女儿说:"语堂是牧师的儿子,家里没有钱。"是的,廖母也不看好这门亲事,但是,廖翠凤很干脆很坚定地回答:"穷有什么关系?"

一个姑娘,她生于富有之家,却不嫌弃你贫穷,不怕嫁给你吃苦受累,多好!除了爱她娶她,努力使她过上好生活,男人无以为报。

于是,林语堂和廖翠凤定下婚事。

陈锦端得知这消息,拒绝了父亲为她觅寻的富家子弟,孑然一身远渡重洋去美国留学。爱情是两个人的事,而婚姻却是两个家庭的交涉。她的心上人,将要娶她家隔壁的姑娘。在这场不见硝烟的战争里,她也是伤兵。

如果,如果他和她都奋力争取,铁了心在一起,结局又会怎样?他和她都没有去做,他们爱得太冷静,他们都是爱情的逃兵。

没有谁知道,每当回首这段爱情往事,陈锦端是怎样的心情。历史只简短记载,陈锦端留学归国后,多年不婚,一直单身独居。直到32岁那年,她才与厦门大学教授方锡畴结婚,长居厦门,终生未育,只是抱养了一对儿女。

和在一起的人慢慢相爱

1919年1月9日,林语堂娶廖翠凤为妻。

结婚的时候,林语堂做了一件奇事,他把结婚证书一把火烧掉了。他说了这样一句话:"把婚书烧了吧,因为婚书只有离婚时才用得着。"

多智慧的一句话。或可看做他对廖翠凤许下盟誓,对她好,一辈子不离弃。

即使如此,可是,试问天下有几个女子能容忍丈夫烧掉婚书?

廖翠凤能。

这个女子多智慧!她知道,嫁给一个人,就要接纳他的生活方式。他有再多怪癖,她都理解并接受。这样的女人多清醒。

廖翠凤生于富贵之家，但她能快乐地和丈夫一起过平常日子。婚后有很长一段时间，他们生活艰难，不过巧妇不会难为少米之炊，简单的饭菜她亦能做得花样百出。实在揭不开锅时，她默默当掉首饰维持生活。这样的女人，要林语堂如何不爱？

【摘自《读者》2013年第13期】

酸 奶

◎李耿源

临下班时，女人的胃隐隐作痛。最近，她常和男人一起出去应酬，酒没断过。本来肠胃就不好，再饮酒过量，胃就经常痛了。

这时，男人从隔壁打来内线电话，说晚上要请几位重要客户。莫名的，女人暗喜。她很讨厌应酬，害怕喝酒，但只要能和男人在一起，她的心是欢欣的。

这个男人，俊朗、幽默、事业有成，浑身散发着成熟男人的魅力。在心里，她已经没把他当老板或同事，而是一种伙伴。而且她也知道，男人对她也是有感觉的，她能从他看她的目光里品到暧昧的味道。这也许是男人为什么有宴请或外出时，喜欢叫她陪同的原因。

女人预感，她和男人之间迟早会发生点什么。虽然知道这很危险，可她还是任由这种危险的趋势蔓延。女人给老公发了个短信。不一会儿，老公的短信就回过来了："又喝酒啊？不喝你就会失业吗？……餐前喝一杯酸奶吧！"

女人气得差点把手机摔了。昨天她和老公吵了一架，起因就是酸奶。两人上街，老公说要买个酸奶机。当时她正在买化妆品的兴头上，突然就觉得这个男人太婆婆妈妈了，想吃酸奶直接买就是，为何还要自己做？于是，她骂他是个没用的男人，是个不会做大事的男人！她把老公拿来和隔壁老总一比，觉得他太窝囊了!

都说朋友喝啤酒,情人喝红酒,贵宾喝高度白酒。果然,男人让酒家开了五粮液。几杯下去,她觉得咽喉在燃烧,肠胃在翻滚,胃更疼了。可这场酒,仿佛她成了主角,几个人轮番敬她。她快支撑不下去了,向男人示意,盼着他能帮着自己一点。男人似乎没有意识到,反而频频邀她敬客人。

五脏六腑几乎要分裂的时候,她捂着嘴冲进了卫生间。可到了卫生间,却因为没吃东西,怎么也呕不出来。她看到了等在卫生间门口的男人。就忍不住把身子靠了过去,想获得他的怜惜,轻声道:"我胃疼得厉害,不能再喝了!"

"你再坚持一会儿好吗?这两人的手里可捏着我们一大笔合同呢,只要你再敬他们几杯,就……"

她一阵寒噤,躲开了男人搂过来的手。她斜瞟了一眼男人,他并无怜惜的表情,而是命令式的目光。

男人又说:"只要能打发了他们,今晚,你就在这开个房休息……"

女人觉得,这种暧昧味道很龌龊。就在这时,手机短信音又响了,打开一看,是老公发来的:"我用酸奶机做成酸奶了,在冰箱里,你回来时吃它一小碗,解酒又养胃。我要陪儿子早点睡了!别喝太多,早点回来!"

后来,她也不知道为什么,就这样直接离开了酒店,好像男人抓过她的胳膊,她挣脱了。

到了家里,打开冰箱,拿出酸奶,一口一口地舀进嘴里,浓浓的酸奶冰爽酸甜,比超市里买的酸奶还浓,味道更纯正。酸奶流到胃里,是从未有过的舒畅。

吃着吃着,她含着泪笑了,一贯以才女自居的她,突然觉得之前的自己很傻。

【摘自《天池小小说》2013年第3期】

带着梦想的微光上路

在梦想存活艰难的空气里,要如何抓住渐行渐远的梦想,且不被物质所累？当时光退场,你开始怀疑自己是否走对了路,一直坚信的梦想也如面包一样被生活挤压变形,又是什么让你一如既往的坚持呢？

梦想的信仰经历坎坷时,靠着一颗对梦想虔诚的赤子之心,信仰的微光将赐予你破茧般的力量,这力量够你挨过风雨,趟过泥河,支撑你到达梦想终点。

带着梦想的微光上路

◎小　鹏

环游世界，成为一个旅行家就是我的梦想，而现在，我成了一个职业旅行者。可能有人会问，旅行怎么也能当职业？这工作一定很棒，成天就是玩儿。

其实我也是糊里糊涂入了这行。大学本科毕业时，我第一次背包旅行，来到了广西阳朔。

我学的是国际贸易专业，在刚开始的几年里，我干了8份完全不同的工作，有海运销售、IT技术、杂志编辑、电视策划、夜总会市场宣传等。每份工作刚干到3个月的时候，我的心就已经特别不安分了。

我很容易和旅途上遇到的人打成一片。在旅途中，我永远用真面目、真性情示人，对万事万物都充满好奇。当时我就在想，如果旅行可以变成职业，我一定能比任何人都干得出色。我开始跟杂志社合作，我觉得自己能写能拍，虽然我没有作家的文笔，但是我能记录下旅行中的瞬间感动；虽然我没有摄影师的技术，但是我拍的照片足够快也足够近，是一种和专业摄影师截然不同的角度。那段时间，国内所有的旅游杂志和报纸，几乎都发表过我的文章。我的收入和旅行费用的支出可以打个平手。可在那个阶段，我仍在职业旅行的道路上摸索。

真正的人生转折发生在2008年，我已经独自旅行了7个年头，对当时的我来说，坚持还是放弃，是一个严峻的问题。于是我一个人去了老挝的孟威村，那个村子在湄公河的旁边，没有电，没有手机信号，没有网络，也不通公路。我每天的生活就是和当地的孩子们一起捕鱼、游泳，有时画画，有时看书。

住了半个多月，一天早晨，我发现自己的钱包里少了300美元,然后发现竟然是我住的那家客栈的老板偷的。我跟她理论时,她已经变得歇斯底里,她老公从后院抄起一把砍竹子的砍刀对我说,我要杀死你。后来,虽然我换了另一家客栈,但毕竟还在那个村子里。我就想如果他们纠集一些亲戚,想把我弄死的话,那么我就消失了,没有人知道我曾经来过这里。直到第二天黎明,看到窗外的淡蓝色天空,我才如释重负。

后来我又坚持了几个月,在当年9月,随着我在旅游圈里的名气越来越大,开始邀约不断。但那还不是一种理想化的状态,因为那种邀请都是要有回报的,而且旅行起来也不像自己一个人时那么轻松自在。再然后,我的第3本书《背包十年》成为最畅销的旅行类书籍,至今已经加印24次。这本书的成功让我一下子又回到了最初的旅行,就是想去哪儿就去哪儿。

"理想是我们本来就能干成的事,梦想比理想高了一点远了一点,得跳起来才能够得着,太高太远的就是幻想。只有梦想才会让我们挖空心思,拼尽全力,把潜能发挥到最大,可能这时我们都已经不在乎够不够得着了,我们在乎的只是去奋力起跳……"

到今天我已经成为一个职业旅行者,现在旅行不仅可以良性循环,还能获得不错的收益。如果我只把旅行当成一份工作,我不会在零下30度的黑夜拍极光,还熬走了那些最耐寒的日本摄影师,我想支撑我的不仅是对一份工作的热情,更是一种信仰。而我的信仰就是,一个分享者,把我所见所闻所想的世界分享给因种种原因无法出门远行的朋友。我的信仰是成为一个梦想的传递者,告诉那些走在我身后的年轻人。

每个人都需要微光指引,它是我们的路,我们的方向,它引领我们穿越茫茫黑暗,穿越墨守成规,穿越平淡过往。

对我而言,那束微光,就是梦想。

【摘自《意林》2013年第14期】

渐行渐远的梦想

◎朱学东

  大概是在1984年了,我在母校前黄中学图书馆里的一本杂志上读到了一篇小说——《蓝屋》——程乃珊女士的作品。小说中两个人物的人生选择,给我留下深刻的印象:女主人公是军区副司令的女儿,却不暴露身份,以普通人的身份工作、生活;男主人公受父亲和女主人公的影响,最终放弃了家族巨额财富的继承权,走上自我奋斗的道路。

  当时的我,还是个充满幻想的中学生,对小说里的男女主人公尤其是女主角和男主角父亲的人生选择,对自己命运的把握,充满了由衷的敬意,一定程度也影响了我后来的人生选择。

一

  1985年高考前填志愿,我谢绝了母校推荐我上南京大学的机会,由自己决定自己的命运。

  对于农村家庭来说,当时为了一个城镇户口,多少人肝肠寸断!城镇户口能吃上皇粮,也摆脱了面朝黄土背向天的生活,能够有这样的机会,是天大的喜事。更别说按我们村上老师的说法,搁过去,上南大就是上"中央大学"啊。

  父亲不能理解,连夜赶到学校,找我班主任,希望他能劝阻我的一意孤行。

  班主任跟我父辈相熟,劝我,即便不愿去南京大学,也可以报考北京大学。

  我的同村同宗长辈朱德生先生时任北京大学哲学系主任,他也是我母校前黄中学的老学长。但我还是谢绝了班主任的建议,转而选择了报考当年招生简章排名第一序位的中国人民大学哲学系。

四年之后,我们是第一届双向选择择业的大学毕业生。双向选择意味着每个人社会关系的重要性。那个时候,托关系找门路已经很流行,但我没有什么社会关系,也没想过什么。我只是本分地向新华日报人事处、无锡轻工业学院等多个单位投送了求职简历。直到后来北京印刷学院来学校招人。

那年早春,工作确定下来后,我第一次随在北大读研的师兄到朱德生先生家去拜访。老人跟我说,你爷爷跟我说你上人大了,让我多关照,这么多年怎么没见你来找过我啊?

我有些羞赧。作为晚辈,这么多年没有去问候长辈。

无论如何我都很幸运。在那个凌乱却充满生机和活力的时代,虽然有许多危机,但社会总体上保持着上行的势头,开放性正在让社会个体的力量得到正向释放。像我这样出身农家没有其他社会资源的个体,对于通过努力改变自己的人生,对于知识改变自己的命运,没有一丝一毫的怀疑。

这是我的中国梦,也是我这一代人选择的路。

二

岁月流淌,我已人到中年,其间换了一个又一个工作,还辞掉了如今人人艳羡的中央机关公务员,最后都靠自己努力打拼出来,个中艰辛,唯有自知。

周围很多人惊讶于我的抉择,激赏的同时却反向行动。但我自己依旧不后悔。

放眼如今这个社会,财富积累和精神生活较过去已有霄壤之别,社会的开放性、流动性也是过去望尘莫及的。但原来的中国梦,却渐行渐远渐无声,在个体生活的感受中,压抑感却远甚于既往。

仍然有许多人相信个人奋斗,但更多的人却转向了利用各种关系介入社会资源的分配。以至于充分利用一切社会资源服务自己的工作生活,已经成为流行的主流价值观。利用关系甚至公共资源服务家庭个人,都已经被视作理所应当了。若与此相悖,会让人愕然。吃关系更盛于当年《蓝屋》中描写的场景(那小说里吃的,也不过是祖上遗泽而已);而选择走自己路为自己生活的身影,则更显孤单艰辛。

于是,从幼儿园入园到小学、中学、大学,到最后寻找工作,每一个关口都有一场惨烈的战斗,拼杀的不只是孩子们的智商努力,更是家长们的社会关系和物质财富,中国梦几成一场噩梦。

我周围许多朋友,不能忍受这种有失尊严的压抑,选择了去国离乡。

我们无处可去。面对社会这样的变化,我在对后辈人生选择的态度上也有了新的变化。

我弟弟与父母依然在农村生活,侄女马上要高考。弟弟希望侄女能考上北京的大学。在亲人眼中,毕竟我在北京学习工作这么多年了,多少也能帮上些忙。

我也希望侄女能考到北京,若在我身边,也好有些照应。不过,前提是她自己的努力。毕竟我所能帮的有限,大体也就是自己这些年挣扎奋斗在市场上累积的资源。

我的女儿已经小学四年级了,为了上我现在居住附近的好一些的小学,我也找了人缴了择校费。如今我和太太都困惑于是不是逼她上奥数班各种辅导班。但更多时候,我则是鼓励她努力学习,多读我给她的书,然后凭自己本事考个好学校。小姑娘也是信誓旦旦的。

虽然这个社会有太多的地方令人失望,我也被流行的价值观裹挟着、困惑着、无奈着。但我依然相信,个人努力奋斗,选择自己生活方式的意义。

我也同样相信,之于自己的子女,授之以渔,远胜于授之以鱼,遑论拿他人之鱼授之子女的。

纵使你口衔银匙出身,还有黄金为你铺就的道路,若无一技在身,总有坐吃山空的时候,总有河东河西之变。

我相信新变化会到来,相信我的晚辈们也能够有自己的中国梦,通过自己的努力,而不是在父辈的荫庇下,有自己的人生和幸福。这也是我们愿意为之努力的。

【摘自《中国周刊》2012年第11期】

理想是最接近现实的东西

◎陈得·半生君

尽管嘴上不说,但是每次面对我,我父母心里的潜台词总是,做个现实点儿的人吧。

找份工资不错的工作,找间说得过去的房子,找个平凡又挑不出错儿的媳妇,接着生个健康聪明的宝宝。对于他们来说,这才是正常人的生活,这才是现实的人生。

我愿意学习我感兴趣的东西,有了货真价实的知识,在需要或者愿意的时候把它们转换成为我提供生存资料的谋生工具。我不介意单身多久,但是一定要找到更喜欢的姑娘。我认为自己现在距离一个能让我自己满意或者仅仅是合格的人类还差得很远,所以生孩子这样的事情考虑的话还绝对太早。我这五年住过不大的公寓,住过小的不能再小的宿舍,但是我对它们都十分满意。我不需要100平米的房子来容纳我的人生,我也不愿意把我的人生就锁牢在一间只会慢慢变老的公寓里。就像我不认为我会有任何值得一万月薪工作的价值一样,我现在的所得让我觉着踏实又质朴。一个星期的周末喝上瓶啤酒,比原来拼死干一个月整天醉生梦死的劳作要贴心的多。

我非常喜欢《摩登家庭》里面邓菲夫妇的生活,一个二得不行的男人和一个配得上他的二的女人,配偶是羁绊,是依靠。我父母用他们惨淡荒诞的20年的生活告诉我,比破碎的爱情和失败的婚姻更可怕的事情,是破碎的爱情和成功的婚姻。婚姻是建立在爱情的基础上的,这样简单的道理,大家总要用极尽曲折的方法去理解,这让我始终无法理解。房子,出身,长相,我们总是先把它们变成炸弹,然后再埋起来,为的是将来出了问题,好有所怪罪。

找一个性格互补，让你喜欢不尽的人简单，还是耗尽心思用下半生的自由换一份体面的婚姻，这两个哪一个简单？

是找一份报酬高，假期多，老板和善在大公司的铁饭碗简单，还是拿着微薄但诚实的薪水，拮据的在出租房买书看书简单和现实呢？

柴静援引胡适的话，说你们不要总争自由，自由是别人给的。你们要争独立。不要最后自己没有独立，反而成了奴隶。

我思考了很多个日子才慢慢有些明白。你们不要总争幸福的生活，幸福的生活是别人给予的。要争生活的幸福，这个才是自己能争取和享用的。不要到了最后变成生活这个概念的奴隶，或是胜者或是输家，但总归永远和幸福丧失了接洽。

我总以为，追上时代的步伐，起码对于我只是生活的噱头，这样一部电影不让我演，也总有人会演。让我去演，也总有人演的更好。而成为影片的男女主角，我想怎么也算不上现实的活法。然后我才发现，所谓人们口中的现实，其实是最不现实的。所谓不切实际的理想，才恰恰是离现实最接近的东西。

【摘自豆瓣作者2013年1月2日日记】

带着空瓶子上路

◎汤园林

得知自己没有考上中央美院，他整个人就懵了。他从小爱画画，一心一意想上中央美院，学油画，把它当作自己一生的事业。因为太过痴迷，他把所有的时间和精力都用在了画画上，学习成绩一直不好不坏，高考成绩下来，很遗憾地与中央美院擦肩而过，只考了一个三流大学。

他出生在一个偏僻的村子，四面环山，村民都是自供自给，勉强糊口。

当他郑重地向父亲提出要复读,非中央美院不上时,父亲握着手里的锄把,有些恨铁不成钢地说:"家里是什么情况你又不是不知道,有学上就不错了,哪有资格挑三拣四,上大学的钱还是你姐姐出的呢。"

他低着头,呐呐地说:"我只想学画画。"

父亲扔下锄头,长长地叹了口气,说了一番很有哲理的话:"你这个年龄啊,就是只空瓶子,要一路走一路慢慢地找适合自己的东西装进去,你一开始就不管是金子还是泥巴,一古脑地把它塞满了,带着它累不累啊?只有带着空瓶子上路,才能走得更远走得更快!"

他没有想到大字不识的父亲居然能说出这么深奥的话来,仔细想想,又觉得其实很浅显,若不是自己一开始就把画画的梦想装进瓶子里,也不至于分散那么多的精力,考得这么差。连父亲都懂的道理,他怎么就不懂呢?

于是,他不再想着考中央美院,背起简单的行囊,走进了南方的那所大学,学服装设计。虽然这不是他的梦想,但他知道,他别无选择,只能在这条路上努力地走下去,慢慢地把自己的空瓶子装满。

当别的同学忙着谈恋爱逛街时,他俯在桌上专心致志地画服装草图,大二时,他就在全国性的设计大赛中屡屡获奖,然后,他顶着烈日,背着自己画的服装草图,一家家地找服装公司推销自己,希望找到一份兼职的工作。

大学期间,他兼了五六份工作,学费已经完全靠自己挣了,虽然很苦很累,但是设计水平突飞猛进,更是积累了不错的人脉。毕业后,当同学们为找一份工作焦头烂额时,已经有好几家服装公司抢着要和他签合同。

最终,他和当初兼职的公司合作,自己办起了公司,一方出资金,一方出技术,短短数年,他设计的服装远销几十个国家,他成了著名的服装设计师,身价也狂飙至几千万。他的办公室里,一直挂着这么几个字:"带着空瓶子上路"。他时刻告诫自己,把自卑自负经验什么的全都扔掉,把它们装进瓶子里,会压得你喘不过气来。

每个人可以选择的路都不多,上路前,请记得让你的瓶子空着,不要把其他路上的尘土装进来,这样,你才能够走得很轻松,才能够一边走一边装,最后,满满的一瓶子,全是适合自己的东西。

【摘自《作文与考试初中版》2014年第1期】

在怀疑的时代更需要信仰
——北大中文系2012年毕业典礼致辞

◎卢新宁

敬爱的老师和亲爱的同学们:

上午好!

谢谢你们叫我回家,让我有幸再次聆听老师的教诲,分享我亲爱的学弟学妹们的特殊喜悦。

就像那首歌唱的,"记忆中最美的春天,是我难以再回去的昨天"。如果把生活比做一段将理想"变现"的历程,我们只是一沓面额有限的现钞,而你们是即将上市的股票。如同从一张白纸起步书写,前程无远弗届,一切皆有可能。面对你们,我甚至缺少抒发"过来人"心得的勇气。

但我先生力劝我来,我的朋友也劝我来,他们都是84级的中文系学长。今天,他们有的仍然是一介文人,清贫淡泊;有的已经主政一方,功成名就;有的发了财做了"富二代"的爹;也有的离了婚,生活并不如意。但在网上交流时,听说有今天这样一个机会,他们都无一例外地让我一定要来,代表他们,代表那一代人,向自己的学弟学妹说点什么。

是的,跟你们一样,我们曾在中文系就读,甚至读过同一门课程,青涩的背影都曾被燕园的阳光定格在五院青藤缠满的绿墙上。但那是上个世纪的事了,我们之间横亘着20多年的时光。那个时候我们称为理想的,今天或许你们笑称其为空想;那时的我们流行书生论政,今天的你们要面对诫勉谈话;那时的我们熟悉的热词是"民主""自由",今天的你们记住的是"拼爹""躲猫猫""打酱油";那时的我们喜欢在三角地游荡,而今天的你们习惯隐形于伟大的互联网。

我们那时的中国依然贫穷却豪情万丈,而今天这个世界第二大经济体,还在苦苦寻找迷失的幸福,无数和你们一样的青年喜欢用"囧"来形容自己的处境。

20多年时光,中国到底走了多远?存放我们青春记忆的"三角地"早已荡然无存,见证你们少年心绪的"一塔湖图"正在创造新的历史。你们这一代人,有着远比我们当年更优越的条件,更广博的见识,更成熟的内心,站在更高的起点上。

我想说的是,站在这样高的起点上,由北大中文系出发,你们不缺前辈大师的庇荫,更不少历史文化的熏染。《诗经》《楚辞》的世界,老庄、孔孟的思想,李白、杜甫的诗词,构成了你们生命中最为激荡的青春时光。我不需要提醒你们,未来将如何以具体埙碎消磨这份浪漫与绚烂;也不需要提醒你们,人生将以怎样的平庸世故消解你们的万丈雄心;更不需要提醒你们,走入社会要如何变得务实与现实——因为你们终将以一生浸淫其中。

我唯一害怕的,是你们已经不相信了——不相信规则能战胜潜规则,不相信学场有别于官场,不相信学术不等于权术,不相信风骨远胜于媚骨。你们或许不相信了,因为追求级别的越来越多,追求真理的越来越少;讲待遇的越来越多,讲理想的越来越少;大官越来越多,大师越来越少。因此,在你们走向社会之际,我想说的只是,请看护好你们曾经的激情和理想。在这个怀疑的时代,我们依然需要信仰。

也许有同学会笑话:大师姐写社论写多了吧,这么高的调子。可如果我告诉各位,这是我的那些中文系同学,那些不管今天处于怎样的职位,遭遇过怎样的人生的同学共同的想法,你们是否会稍微有些重视?是否会多想一下,为什么20多年过去,他们依然如此？

我知道，与我们那一代人相比，你们这一代人的社会化远在你们踏入社会之前就已经开始了，国家的盛世集中在你们的大学时代，但社会的问题也凸显在你们的青春岁月。你们有我们不曾拥有的机遇，但也有我们不曾经历的挑战。

文学理论无法识别毒奶粉的成分，古典文献挡不住地沟油的泛滥。当利益成为唯一的价值，很多人把信仰、理想、道德都当成交易的筹码，我很担心，"怀疑"会不会成为我们时代否定一切、解构一切的"粉碎机"？我们会不会因为心灰意冷而随波逐流，变成钱理群先生所言的"精致的利己主义者"——世故老到，善于表演，懂得配合？而北大会不会像那个日本年轻人所说的，"有的是人才，却并不培养精英"？

我有一位清华毕业的同事，从大学开始，就自称是"北大的跟屁虫"，对北大人甚是敬重。谈到"大清王朝北大荒"的江湖传言，他特认真地对我说："这个社会更需要的，不是北大人的适应，而是北大人的坚守。"

这让我想起中文系建系百年时，陈平原先生的一席话。他提到西南联大时的老照片给自己的感动：一群衣衫褴褛的知识分子，气宇轩昂地屹立于天地间。这应当就是国人眼里北大人的形象。不管将来的你们身处何处，不管将来的你们从事什么职业，是否都能常常自问，作为北大人，我们是否还存有那种浩然之气？那种精神的魅力，充实的人生，"天地之心、生民之命、往圣绝学"，是否还能在我们心中激起共鸣？

马克思曾慨叹，法兰西不缺少有智慧的人，但缺少有骨气的人。今天的中国，同样不缺少有智慧的人，但缺少有信仰的人。也正因此，中文系给我们的教育，才格外珍贵。从母校的教诲出发，20多年社会生活给我的最大启示是：当许多同龄人都陷于时代的车轮下，那些能幸免的人，不仅因为坚强，更因为信仰。不用害怕圆滑的人说你不够成熟，不用在意聪明的人说你不够明智，不要照原样接受别人推荐给你的生活，选择坚守、选择理想、选择倾听内心的呼唤，才能拥有最饱满的人生。

梁漱溟先生写过一本书《这个世界会好吗》。我很喜欢这个书名,它以朴素的设问提出了人生的大问题。这个世界会好吗?事在人为,未来中国的分量和质量,就在各位的手上。

最后,我想将一位学者的话送给亲爱的学弟学妹——无论中国怎样,请记得:你所站立的地方,就是你的中国;你怎么样,中国便怎么样;你是什么,中国便是什么;你有光明,中国便不再黑暗。

谢谢大家!

【摘自《读者》2012年第16期】

别把梯子放错了墙

◎孙江林

余秋雨在给南京大学的学生做讲座时说,如果你的目标是考上一所名牌大学,当你考上这所大学以后,你的目标又是什么呢?是读研?读博?还是毕业以后当官?挣很多很多的钱?但当这些目标实现以后,你又去干什么呢?

余秋雨向大家讲了美国富人、世界轮椅基金会主席贝林先生的故事。

贝林的人生经历了三个阶段:第一阶段追求最多,什么都要多,房子要多,车子要多,钱要多,贝林以他的智慧和才能,很快实现了这个目标;实现目标以后他又寻找新的目标,房子要最好的,车子要最名牌的,结果很快贝林也实现了这个目标;实现这个目标后,贝林又有了一次选择,选择"异",追求与别人的不同,他的游艇要全世界独一无二的,他的飞机要全世界独一无二的,结果他也实现了这个目标。

这时贝林才60岁。极度的富裕,使贝林经常看到别人的笑脸,但他分不清,这些笑脸是对他个人的,还是对他的金钱的。

他开始思考,自己活着干什么。

随后的一次经历让贝林重新找到了人生的价值。一次在他的飞机里,一个6岁的越南小女孩儿使他对人生有了新的理解。这个小女孩儿是残疾人,由于坐他的飞机,后面的位置比较空,贝林就为那个女孩儿顺手推来一把轮椅,当时女孩儿的脸上出现非常美丽的光彩,贝林突然意识到:"我的无聊有可能摆脱。"

随后到津巴布韦,贝林看到一个青年背着一个残疾妇女,走了两天两夜的旅程,把她送到贝林的面前。贝林问这个青年:"她是你的母亲吗?"回答:"不是。""是你的亲戚吗?""也不是。""是你的邻居?""也不是。"青年一再的否定令贝林感到很奇怪。这个津巴布韦青年说:"我不认识她,她没有轮椅坐,她要我背她,我就背她到你这里。"

简单的逻辑,简单的动作。青年在将那个残疾妇女背来后,就走了。

贝林说:"我以为,做慈善只有有钱以后才能做,看着男青年的背影,我才知道,我错了,这位青年没有钱,但他轻而易举地做了一件大善事。"

贝林最后说了这样一句话:"我把梯子放错了墙,当我爬到顶,才知道自己把梯子放错了地方。"大富豪贝林由此热衷慈善事业,并且做了世界轮椅基金会主席,他又重新变得快乐起来了。他找到了人文精神的一条"缆绳"。

【摘自《思维与智慧》2012年第12期】

生命给了我那只老虎

◎金 星

只有去过地狱的人,才会更清楚天堂应该是什么样子。只有曾经一无所有过,才能知道真正拥有的是什么,知道东西在你手上的分量,同时不忘继续走。灾难被消化后,就成了伴侣。

我带着孩子看《少年派的奇幻漂流》,自己也特别触动。首先感谢李安,不去谈他想要表达什么,他的画面、拍摄手法、故事节奏就已经把我带到了那种身临其境的氛围里去,一个孩子漂在大海上,没有一点具象的东西在眼前,无边无际都是不可预知的灾难,身边还有一头老虎,那种心理张力会是多么强烈。当时派对老天爷喊:"我失去了我的家人,失去了一切,你还要什么呀?我什么都已经给你了!你还要什么!"我在荧幕前浑身一激灵,那个瞬间我也有过——问老天:"该受的东西我全受了,你还要什么?"

做手术的那个时候,我就像那个少年派。医生问我你有多大把握,我说百分之五十,他问百分之五十你就敢做啊?我说是,我把其他百分之五十交给老天,什么都不怕。后来变性手术成功了,却留下了医疗事故,因为护士的疏忽大意导致了左小腿瘫痪,能报二级残疾。躺在床上,我就问天,你究竟要我什么?父母、好友,甚至是医生都在为我哭,不能跳舞的金星还是金星吗?我只是困惑。做手术的时候我一无所有,没有惧怕,心想大不了你连我一起拿走算了,但是如果你把我留下来就一定有你的道理。可为什么你把我的命留下了,却把我想走的路抽走了?为什么?

为什么?!

"因为你得证明给我看。你觉得我把你放在男人的性别里是放错了,我真错了吗?那我就看看你的决心有多大。"这是我问询的结果。

好,那我就来证明。如果我留下了这条命,再能留下我这条腿,那就是我金星值得老天爷为它的疏忽送礼。心里的那头老虎走了,恐惧消失了。当医生已经给我的腿宣判死刑的时候,我的最后一张牌,也是最强的底牌,就是信念——成为一个准确的"金星",这样的信念无比强大。

出院不到半年,腿还是凉的,《红与黑》的排练已经找上了我。我想是时候去向命运验收了。从编舞,到练舞,我咬着牙坚持了下来,冒着冷汗还在台上"一二,走!",一起排舞的演员和来视察的领导都被我感动了,所以那次排练从头到尾大家的心都很齐。两场演出的票全部卖光,黑市从三倍票价开始炒起。演出完毕,谢幕时间长达二十分钟,我的眼泪止不住地往下流。

有人在说:"金星怎么没以前跳得高了?"

"你不知道,她能重新站在台上已经是个奇迹了!"

的确,是我为自己争来的奇迹。化妆间里有个医师,我每跳完一幕,就得找他帮我按摩腿,只有这样才能跳完全场。可是我完成了,竟然完成了。站在台上谢幕的时候我左腿是凉的,右腿是热的,眼眶是烫的。但当观众全部站起来为我鼓掌的时候我心里就明白了,这个舞台依旧属于我,它没有抛弃我,它一直在那儿看我能不能站回来。那一刻所有的怀疑和困惑都烟消云散,我对自己说,我赢了。不服输、不认命,赢了自己,赢了心里的脆弱,还有一个巨大的"为什么"。从今以后我会扎扎实实地站在舞台上,舞台还是那么爱我。

好多年以后别人提起来,都会开玩笑似地说,金星在舞台上的那一瞬间真不是人。的确有那种奇妙的感觉,有人的形状,也有不是人的空灵,老天爷的眼睛就在我身上。我觉得宇宙之间有种力量特别奇妙,我只能把它描述为人的意念。有这样一种意念在,你就永远不会绝望。

每一次灾难都像是给人生的某个阶段盖了层顶,你得不断向上,拱破了这层顶,就到了另一个层面。你可以觉得医疗事故让你跳不了舞了怎么那么冤那么不幸啊,也可以认为那是因为你问老天讨了那么大的一份礼物,所以它必须安排你承受一些磨练,就像是和生命讨价还价,我能承受多少磨难,就可以问老天要多少人生。再接着向上拱,你就会发现,那既不是惩罚也不是礼物,而是命该如此,所有的一切都在成就一个特殊的金星。

磨难会带你看到不同的东西。如果当时真瘸了怎么办?那我就到深山里的小山村里,教孩子们跳舞,跟他们讲外边的世界,或许能发现另一个"金星"。面对着青山绿水,最干净的空气,最清凉的水,同时也是最贫困的物质生活,继续去体会生命。

那命运会把一个不一样的金星带给我,我也欣然受之。

　　我的脚到现在也没有全部恢复,不可能再像正常人的腿一样了。左腿上还留着疤,月牙形的,那是生命在我的腿上刻了个印记。我接受这个记号。每次看到它,我会特别安心,今天给我什么我都不会受宠若惊,拿走什么我也不会怅然若失,人生的最底端已经把我的生命拉宽了。谁都不知道我付出了多少,我不说,我也说不出来,只有老天爷知道。所以从那以后它会慢慢地把你要做的事情交给你,因为它知道你有那个承受力。

　　我每天洗澡都能看到这个月牙形的记号,随时都在提醒我现在在做什么,为什么放弃,又为什么坚持。那是一个月牙形的勋章,从老天那里拿的。

　　如果说为什么之后我能熬过那么多偏见,那次经历也得记上一功。如果说我是少年派,那次手术是那场暴风雨,那我遭遇的社会偏见就像是那只老虎。我们在海上漂着,漂多少时间也不知道,但最后我活下来了,靠的是信念。面对老虎时我心里也有恐惧,有抵抗,但最后它成了陪伴我漂洋过海的伴侣。

　　生命给了我那只老虎,它把恐惧、孤独、坚持、信任都放在一个相对具象的东西上,陪伴着你成长,但当这些都过去了以后,你上岸时它的任务完成了,它走了。但是不会消失,少年派回忆起来永远有那只老虎,我们谈到那个少年派的时候,也永远不会忘记那只老虎。具象的存在给你那个经历,它走了以后还会一辈子在你脑子里,告诉你——你是谁,你经历了什么,你怎么过来的。

　　困难、灾难和幸运一样,永远在每个人的生活中存在,但是灾难不属于你个人,是属于生活的一部分,你往前走之后,灾难会在经历之后变成一种特别的伴侣。

【摘自《意林》2013年第22期】

给孩子付出爱的机会

◎刘 墉

文章一开头,我又要说个"没良心"的故事给你听,我朋友的狗死了,她在电话那头哭:"狗死了!我比当年死了娘还伤心。"学生收养了一只流浪猫,从捡来那天就开始给猫看病,不知花了多少钱。他非但没怨,居然还说:"奇怪!为猫花钱,我一点也不心疼,比给我妈还不心疼。"怎么样,够没良心吧!但是先别骂,他们的没良心是有原因的。

首先,我猜"他们"很可能太久没跟妈妈一起生活,更别说照顾母亲了。如果前者的妈妈,死前由她长期照顾,像她照顾她的狗一样,妈妈死了,她绝对会伤心欲绝。

爱很妙,你越付出,越会爱。世界名著《爱的教育》里面有个小男孩,在家乡得知爸爸病了,住在城里的医院,小男孩急急赶去,父亲已经瘦得不成人形。小男孩日夜守在床边,照顾病重的父亲,不断安慰爸爸:"你一定会好起来的,我要带你回家!"经过五天,突然出现奇迹:爸爸好好地出现了。原来躺在床上的那个人,并不是爸爸,只因为已经憔悴得不成人形,被小男孩误认。这时候,真正的爸爸要带小男孩走,小男孩说:"不!我要留下来照顾床上的那个爸爸。""床上的爸爸"终于咽下最后一口气。小男孩伤心极了,临走哭着说:"我爱你!爸爸!"请问,小男孩为什么会伤心?答案很简单,因为他付出了爱。

一个人越付出爱,越会爱。即使是毫无关系的人,如果在偶然的机会交给你照顾,你照顾越久、付出越多、牺牲越大,有一天他离开,你越会失落。对小动物也一样。你每天跟它相处,为它清粪便,带它看医生,忍受它砸东西,甚至因为对它过敏而自己不得不吃药——你越来越爱它。

当心爱的人死亡了、变心了、离开了,那原本"无条件付出"的人,可能由爱转恨。他不能不恨,因为恨是忘掉爱的最好方法。多少离婚的人,在另一半变心的时候,突然否定过去所有在一起的幸福时光,也是这个道理。多少父母也一样,从小为孩子牺牲奉献,起早睡晚,省吃俭用,哪怕在外面省下半口,都要带回家给自己的孩子。越牺牲,越爱,也越会被伤害。正因此,总听见做父母的咬牙切齿地怨孩子没良心,他们会拿别人的孩子比,说别人对孩子远不如自己牺牲得多,为什么别人的孩子更用功、更孝顺?然后,如同那些失婚的妇人恨自己瞎了眼,他们会怪自己,说自己过去都错了,错在只想到孩子,忘记了自己。

他们说得一点也没错。父母为孩子忘掉了自己,却不知道爱一个人之前,先得爱自己。如果连自己都不能照顾好,如同泥菩萨,怎么去保佑人、照顾人?

但是从另一个角度想,他们在付出的时候,早就得到了回馈!当他们自己舍不得吃,把好东西塞进孩子嘴里的时候;当他们省吃俭用买件漂亮衣服,为孩子穿上的时候,他们心里是快乐还是痛苦?当然是快乐!

每个人都有爱。付出爱的时候,也会得到爱。即使没得到实质的回馈,也得到温馨的感觉。所以无论后来的结果如何,都不必怨。尤其那些爱得太多、因为溺爱而害了子女的父母,更不能怨。请容我说句难听的话:要知道,可能正因为你一直追求那种付出爱的自我满足,而付出太多的爱。也可能因为你一味付出、一味把爱填塞给子女,却不让孩子有付出的机会,造成孩子失去爱的能力,甚至可以说,你剥夺了孩子对你付出爱的快乐。请给孩子付出爱的机会吧!

【摘自《意林》2013年第15期】

高贵的慈善

◎李良旭

母亲在街头摆了个小摊卖茶叶蛋：一个小火炉，钢精锅里煮着热气腾腾的茶叶蛋，袅袅香味在街头弥散开来。路过的人们，常常被这清香扑鼻的香味吸引，情不自禁地走过来，买上一、二个茶叶蛋，呵着热气，吃着香喷喷的茶叶蛋，感到特别的温暖和舒坦。一块钱一个茶叶蛋，物美价廉，很受消费者青睐。

母亲70多岁了，本该在家好好享受清福了，可母亲却闲不住，硬要到街头去卖茶叶蛋。母亲说，一个茶叶蛋赚不了几分钱，但看到人们喜滋滋地品尝她煮的茶叶蛋，心里别提有多高兴了。

看到母亲喜欢干这件事，我们做儿女的也只好由着她了。就这样，在街头卖茶叶蛋，成为母亲生活中最快乐的一件事。

每天收摊回来，母亲总是将一小袋硬币倒在桌子上，认真地清理着。不经意地，我发现母亲总是从一摊硬币中清理出几块放在旁边。我问母亲，这几块硬币为什么不和其他硬币放在一起？

母亲笑了笑，说道，这是几块类似1元硬币的游戏机牌子，不是钱。

我拿起一块仔细一看，还真是游戏机牌子呢。

我说道，那您以后注意了，不要总收到这种游戏机牌子。母亲笑道，我早知道是什么人给的这种游戏机的牌子，不过我从没有说过他。

我一愣，问道，您知道是谁给的，为什么不说呢？

母亲说道，这是一个捡破烂老头给的。那老人佝偻着腰，花白的头发，手里拿着一个蛇皮袋，里面装的废纸、废塑料什么的。

他每天从我摊位前经过，闻着香喷喷的茶叶蛋，流着鼻涕，眼睛里露出饥饿的神色。他仿佛犹豫了很长时间，然后从口袋里颤巍巍地掏出一枚硬币递了过来。我接过硬币用手一摸，就知道这是一枚游戏机牌子。我看到，老人的目光极力躲闪着，不敢和我眼睛对视。我知道，老人饿了，对他来说，需要佝偻着身子走多远的路，拾多少破烂，才能卖到一块钱啊。我眼睛湿润了。什么也别说了，我递给老人两个茶叶蛋，说道，一块钱两个茶叶蛋。老人双手接过茶叶蛋，眼睛里流出两行浑浊地泪水，连声说道，谢谢！谢谢！

就这样，老人每天经过她的小摊前，踟蹰一会儿，就会从口袋里颤巍巍地掏出这样一枚游戏机牌子来。我假装不识，接过这游戏机的牌子，热情地递上两个茶叶蛋。两个茶叶蛋值不了几个钱，但对于这拾荒老人来说，却是填饱肚子的及时雨啊。

母亲说，如果我说送他两个茶叶蛋不要钱，他肯定不干，收下老人递过来的一块类似硬币的游戏机牌子，对老人来说，就是一种尊严。

我不禁被母亲的慈善之心深深地感动着。对于母亲来说，施舍也是要顾及对方尊严的。

一天，一对进城打工的夫妻找到了母亲。俩人一见母亲，就紧紧地握住母亲的手，热泪盈眶地感激老母亲对他们孩子的资助，使他们的孩子能把学继续上下去。

老母亲笑道，你看你们说的，我没有资助啊，我只不过是给孩子付了工钱啊。

夫妻俩疑惑不解地问，是怎么回事？

母亲说，有一天，我看到一个十一、二岁的孩子在街上溜达，心想，这孩子怎么不去上学啊？一打听，原来这孩子没钱上学，失学了。于是就想，这怎么行？不去上学，这一生不就毁了吗？更重要的是，这样在街头混下去，很可能会误入歧途。于是，我就对孩子说，我岁数大了，你帮我把这小车推回家，我给你工钱，你靠自己劳动挣来了学费，就可以上学了。那孩子高兴地答应了。从此，每天收工回家，那孩子就帮我把车推回来，我就付给他一定的工钱,所以你的孩子是靠自己本事挣钱上学的啊!

那一刻,那对民工夫妻似乎全明白了,他们拥抱着母亲,喃喃地说道,您老人家真的是有一颗菩萨心肠啊。

送走了那对民工夫妻,我有点不高兴地说道,妈,您什么时候请了一个帮工的了?

母亲笑道,我这是换了个方法去资助那孩子。如果直接给钱,那孩子很可能有种不劳而获的思想,让他帮我推车,使他有了尊严,他会更加努力和勤奋的。

我惊讶地睁大眼睛望着母亲,眼睛里顿时噙满了泪水,哽咽地说道,妈,您真高尚!

母亲有些嗔怪道,傻孩子,我有什么高尚,我只不过尽了一份自己微薄的力量,帮助了一下他人,根本谈不上什么高尚。

【摘自《家庭科技》2013年第6期】

种好自己的瓜

◎雷茂盛

上初中时,我是调皮的孩子。上课不是睡觉就是讲话,有时还和同学打架。我不认真学习的原因是,除了画画比其他的同学强,其他科目都是垫底。同学嘲笑我是傻瓜,我也认为我不是学习的料。所以我只求混个初中毕业,然后就远走高飞。

一次我跟同桌堵嘴,为了赢一块巧克力。我把讲桌上花盆里的花掐了,不料被班主任陈老师抓了个正着。陈老师把我叫到办公室,用如火般的眼睛看着我,我的脸一下子红了。她让我当着全班同学道歉,因为花虽然是老师买的,但它是同学大家的。同时,她让我做一个作业:在自家的院子里种一棵瓜。等瓜成熟了,陈老师要带着全班同学去看。我一下子懵了,不明白老师是什么意思,但不敢怠慢,毕竟我的条件是不请家长。

回到家,我向母亲要了一粒南瓜子,在菜园里种下了。每天放学回到家,我就到菜园里给南瓜浇水。我日夜盼望着,瓜子赶快长出瓜苗。可是,过了一个月,地上依然光秃秃的。我急得哭了。

虽然家里每年都种南瓜,但是,我从来没有种过。只好向母亲请教重种了一粒。这次终于长出瓜苗了,我高兴得跳了起来。从此,我按照母亲的指点,每天给瓜苗浇水。等瓜苗渐渐长高,长出瓜藤的时候,我又找来几根木条,为它搭了一个瓜架。

正当我幻想着满架南瓜的时候,一件不幸的事发生了。瓜藤竟然被老鼠咬断了。我蹲在瓜架旁哭了起来。为了交差,我只有再种一次。这次我选好了种,种了三四粒。为了保护南瓜藤,我在瓜架旁放了老鼠夹。还专门找来大一点的木材,在父亲的帮助下,一个严实的瓜架搭好了。此后的整整一学期,我除了上课,就是回到家到院子里看南瓜。慢慢的,我也忘了种南瓜是老师布置的作业。只是觉得,一日不见南瓜,心里放心不下。

当看到南瓜藤上开出朵朵黄花,最后结出一个个葫芦型的小瓜,小瓜又渐渐长成大瓜时,我的心里暖洋洋的,觉得完成了一件很了不起的事情。

为了在陈老师面前展示我种的南瓜,这天我背着一个青南瓜到学校,放在讲台上。陈老师和同学们给了我热烈的掌声,我的眼泪立刻簌簌落下。

陈老师说要吃我种的南瓜。她用单车载着我回家,路上她对我说:"雷小雨,其实你不是笨,也不比任何同学差,只要你把自己的梦想当成你种的南瓜一样,不怕失败,用心去种,就会取得成功。"

我牢牢的记住了陈老师的这句话:种好自己的南瓜。我把它当作了座右铭,一直到高中毕业,我考上了一所美术学院。

去上大学的前一天是教师节,我去看望陈老师,当我抱着一个大南瓜出现在她面前时,陈老师眼里噙满了激动和幸福的泪水。

【摘自《湖南邮电报》9月9日】

绝路成就"攀爬之王"

险象环生的遭遇下,看着自己的生命即将投入死神的怀抱,你是放弃挣扎,还是再拼死一搏?信仰生命的伟大自古就是人类精神文明最为闪亮的,沉重的头巾遮不住你对冒险的坚持,身体的残疾也不能阻挡你发现美丽的步伐。

靠着一种信仰生命的状态绝处逢生,这绝对是一种巅峰体验。有了这种体验,面对再强的敌手,再大的难关,你都能以一种沉甸甸的镇定来应对。

绝路成就"攀爬之王"

◎孙建勇

4年前的一天,乌云低沉,在印度卡纳塔卡邦的一座悬崖边,19岁的吉奥蒂拉久无比绝望。

早年,他因家境贫寒而辍学,后来找了一份搬运工的活计,累得要死却收入极低;他爱上了同村铁匠的女儿丽莎,却遭到无情拒绝,丽莎说:我不可能与一个搬运工生活一辈子。伤心欲绝的吉奥蒂拉久跑到悬崖边,准备像扔一块石头一样,把自己扔下去。

结果,他真的那样做了。在峭壁前,他的身体成为自由落体,然而,峭壁上突出的一根树枝却挂住了他的衣服。像秋千一样在半空晃荡的他,回想着刚才的濒死体验。那是一种冰凉而恐惧的感觉,其实并不好受。这时,从峭壁上传来一阵吱吱的叫声。那叫声,他很熟悉,是他的宠物拉兹的呼唤。拉兹是一只被他豢养了一年的小长尾猴,不知道什么时候它竟尾随至此。看见主人挂在悬崖下的半空中,小猴拉兹敏捷地沿着岩壁下到主人的身边,眼里露出哀怨的光芒。吉奥蒂拉久顿时热泪盈眶,原来,在这个世界上,自己并不孤单。他改变了想法,决心活下去,哪怕为这只猴子也要活下去。

于是,吉奥蒂拉久对拉兹说:"走,我们上去!"拉兹听得懂主人的意思。它灵巧地攀爬着岩石缝隙,三窜两跳地就爬上了峭壁,回头望着自己的主人,仿佛是在说:就这样,上来吧。拉兹的动作给了吉奥蒂拉久很大启发,他把手指深深抠进岩石缝隙,双脚登住崖壁上突起的石头。多年一直从事搬运工作的他,手臂和腿部的力量非常大,这个时候,这种力量帮了他大忙。一步接着一步,他终于慢慢地爬上了悬崖。小猴拉兹兴奋地在他的身边蹿跳。坐在崖边,喘着气,回望陡峭的崖壁,吉奥蒂拉久不敢相信自己居然也能够漂亮地做成一件别人没有做过的事情,内心顿时涌起一股强烈的成就感,这是他从未有过的体验。

这次经历彻底改变了吉奥蒂拉久的生活。从此,他每天干完活后,就带着小猴拉兹,来到悬崖边,练习攀岩。他以拉兹为师,认真观察它攀岩时的动作,琢磨它的技巧,然后,把心得变为实践,反复模仿和练习。在艰苦的练习中,他感到无比充实和满足。就这样,4年过去了,在悬崖峭壁上,吉奥蒂拉久终于也能够灵活得像一只猴子。

2011年2月,无意中吉奥蒂拉久看到一则电视广告,得知首都新德里将举行全国跑酷比赛。从电视中,他看到一帮和自己一般年岁的青年把城市的墙面和屋顶当做训练场,在上面攀爬、跳跃,做着各种高难动作。吉奥蒂拉久这才知道,原来世界上有一种叫做跑酷的极限运动,居然与自己4年来所练习的内容不谋而合。那一天,他兴奋异常,决定到新德里去参加比赛,一展身手。

两个月后,印度全国跑酷大赛在新德里举行。比赛中,吉奥蒂拉久熟练地一个接一个表演着自创的高难动作。他徒手在墙壁上进行动态跳跃,在高桥边沿做着倒挂金钩,甚至一手抠住墙缝在12米高的墙面上翻转360度。这些匪夷所思的高难动作,令所有人都瞠目结舌。最终,23岁的吉奥蒂拉久毫无悬念地夺得大赛冠军,并荣获了"印度攀爬之王"的美誉。

如今,吉奥蒂拉久在他的家乡卡纳塔卡邦开设了一所跑酷学校,专门向一些极限运动爱好者传授墙面攀爬的高难动作。另一位美丽女孩艾西瓦娅也成为了他的女友。在接受记者采访时,吉奥蒂拉久怀抱他的宠物猴,动情地说:"感谢拉兹,是它让我看到了生命的美好。我现在终于明白,无论多么平凡的生命,都有可能成就一段传奇,只要他有足够的信心和耐心。"

【摘自《思维与智慧·下旬刊》2012年第2期】

沉重的头巾

◎【约旦】法蒂娅·法琪尔 彭嵩嵩/编译

我生长在约旦首都安曼，父母是保守派伊斯兰教徒。父亲是家里的总指挥，脾气很暴，一切都是他说了算。他要求9个孩子都成为正派、虔诚的穆斯林。我10岁的弟弟曾被他发现抽烟，父亲就把一整包香烟塞进他嘴里作为惩罚。

在家乡，所有穆斯林女孩必须戴头巾，把头发包起来。我却从小讨厌头巾。于是我向父亲保证一定遵守其他一切规矩，只要能摘掉头巾就行。父亲终于勉强答应了。

23岁那年，我考取约旦大学，父亲却说除非我戴头巾上学，否则绝不会为我付学费。考虑到受教育比反抗更重要，我委屈地答应下来，跑到商店里买了块布，把它包在头上，再用别针在下巴底下固定好。这头巾一戴就是7年。

大学毕业后，凭借头等奖学金，我获得了去英国兰卡斯特大学学习英文创作的机会，但是父亲拒绝放我出国。于是我在父母床上又蹦又跳，哭喊着："你拦不住我！只要这世上还有纸和笔，你就别想阻止我当作家！"经过好几番争吵、谈判、绝食和调解，他终于让步了，但是附加两个条件：我必须时刻戴头巾；必须由弟弟陪读、保护我。

28岁那年，我终于到达英国。到了1986年，我已经是二赴英格兰去攻读博士学位了。老朋友到机场迎接我，我们坐上出租车。在车上，我抬起手，颤抖地解下别针，扯下头巾，露出头发。当清凉的风吹拂我的头发时，我顿时开始痛哭。忍了这么多年，此时的我感觉像脱了一层皮。几个月后，我给父亲写了封长信，说明我做的事和理由。信寄出后我整天心里发慌，生怕他来把我拖回去。我无法活在恐惧中，决定回家去面对父亲。

我站在家门口,没戴头巾,心怦怦直跳。父亲开了门,脸色苍白地走开了。他老了很多,头发几乎都已花白。我心头一热,紧紧搂住他。可他却侧过脸去,不肯抱我。母亲出来劝他也没用,他只丢下一句话:

"她看上去像个西洋模特儿!"

父亲不准我不戴头巾出门。然而5天后,我还是和妈妈一起逛街了。父亲听说后,完全不再理我。我质问他:"我是您的女儿,您和妈妈把我带到世上,难道您就一点不关心我的感受吗?"他沉默了。3个星期后,我要飞回英国继续学业。电话突然响了,我拿起听筒,那边传来父亲的声音:"我只想祝你一路顺风……我为你骄傲。去吧,愿真主保佑你!"

父亲和我开始渐渐和解。几年后,我遭遇了一段失败的恋情,于是我向父亲求助,他赶来看望我。我们一起在林间散步,聊了足有几个小时。我再次鼓起勇气问他是否爱我。这次,父亲终于拥抱了我。

如今父亲已经76岁,我51岁。几星期前,我和父亲坐在老房子里,我大声朗读这篇文章给他听。我眼含泪花,几度喉咙哽咽,他也两次落泪。他说没想到头巾给我带来那么多痛苦。文章念完,我们擦干泪水,一起出门,走进了灿烂的秋日阳光里。

【摘自《意林》2009年第11期】

不肯叛生命

◎ 姓罗名强

一

夜色深沉,霓虹灯闪烁,一辆汽车停在市中心的咖啡馆前。车门打开,走出一个优雅的男子,合体的西装,斯文的眼镜,皮鞋是一款简单的样式,却不失经典,他轻轻摘下帽子,理了理脖子上的围巾，走进餐厅。

侍者引领他走到预订的餐桌前，烛光下，另一位男子起身，紧握他的双手。随即，两个男人开始兴致勃勃地交流，从古典音乐到当代诗歌，话题甚广。

红酒飘香，从着装到谈吐，无一不彰显出他们上流社会的身份。

悠闲的背景下，突然响起了枪声，极不和谐地刺破了这个安闲的夜晚。这是1941年的巴黎，法国政府投降后的第二年。

二

他是伊朗驻法国的外交官，自幼受到良好的教育，属国家精英阶层。这个成长顺利的男人，对自己的国家有着无比的热爱，全世界都在战火中沉沦，他还能出任高官，喝着浓香的咖啡，不用担心安全，也不会忍饥挨饿，幸福、精致地生活着。忠于自己的祖国，努力完成每一项外交工作，是他的信念。

他还是个有道德洁癖的人，诚实，不容许自己撒谎。不管是面对上司还是朋友，他都竭力维护自己的原则，对于欺骗或者背叛的行为，他憎恨到骨髓之深。在他的观念里，欺骗是一宗罪。

三

投降后的人心惶惶，街面随时穿梭的坦克，常常在大街上搜查的军人，还有夜半时分刺耳的警笛声，让这个城市的空气格外压抑——这些对他来说，并无太大影响。享受精致的上层生活，努力与在德国控制下的法国政府搞好外交关系，是他的生活。

街面上，宪兵呼啸而过，逮捕反对他们的百姓，这让他有时候觉得不舒服，但还不足以改变他的观念。那个陪他喝咖啡的男子是他的至交，在音乐、文学方面，有着常人难以企及的学识，无论生活的感受，还是做事的态度，都是难觅的知音。而好友也是纳粹军人，这样的绅士，让他如何对纳粹军队反感？

每周他起码有3天时间跟安德烈在一起，这是生活，也是工作。对方是德国军人，同时也是法国政府外交部门在这座城市的实际管理者。初识缘于工作，深交却是因为彼此的学识。

战火纷飞的岁月，还能找得到好朋友，享受安静闲暇的生活,是多么弥足珍贵。

四

　　近几个月来,他开始反感德国纳粹。起因是某日在街上行走,一群直撞过来的宪兵用枪口指向他,世界刹那间停住,他的大脑一片空白,紧张惊恐之际,枪声响起——身后,一个男子倒在血泊之中。回过神来,衣服已被汗浸湿,原来,死的是个游击队员。

　　不管怎样,他都无法接受一个人在不加审判的情况下被枪杀,这与他所秉持的观念严重相悖。最重要的一点是,他无法承受被人用枪指着的高压,还有那亲眼目击的死亡,这些情景,让他在接下来的夜晚里连续失眠。

　　他找到安德烈,强烈指责这种暴力的冷血残酷,对方沉默半晌,道歉,然后表示也不理解,但无法反对,这是他们认识以来第一次不欢而散。

　　接下来发生的一件事,让他开始对自己的价值观有了强烈的质疑:他在领事馆的门口看到一对母子,母亲哭泣着请求给予签证,一个绅士是不会拒绝给予女性帮助的,他把这对母子接到房间,询问情况——对方是伊朗籍犹太人,她的丈夫被抓走半年杳无音信,而该地区已开始了大规模的围剿。

　　他愤怒了,责骂这种变态的藐视生命的行为,立即拿出签证,盖下一个简单的印戳,他救下了一对生命。

　　看着母子俩无以言表的感激之情,他生平第一次怀疑自己原来的精致生活是否真的幸福?

五

　　助人能让人快乐,但也能带来麻烦。

　　盖世太保不知从何处知道了他帮助过犹太人,便来搜查他的家,他挡在门口大声抗议,以自己外交官的身份。宪兵没有搭理他,粗鲁地将他推开,进屋搜查。

　　麻烦接踵而至,无数伊朗籍犹太人知道了签证的事后蜂拥而至。面对大家,他没有犹豫,这是他的工作。签证才开始填写,无孔不入的宪兵便闻讯而来,强行逮捕了所有犹太人,并把他们拉去集中营。在哭声中,他才知道,这是一条死亡之路。

痛苦之中的他,找到安德烈请求救助,对方也无力应对,无奈地拒绝了他。

一边,是几十年的原则,另一边,是几百条生命。他开始徘徊,想起那么多渴望生命的眼神,他做出最重要的决定——撒谎。

六

他给纳粹当局提交报告,称伊朗犹太人与欧洲犹太人没有血缘关系,并非同一类人。为此,他编了一个故事:巴比伦王国当年将犹太人流放到波斯的土地上,但波斯皇帝居鲁士对这些犹太人采取宽容政策,于公元前538年将他们放回故乡。从此,伊朗再也没有犹太人。不过,那些返回巴比伦的犹太人留下了他们的宗教经典,一些伊朗人对犹太先知摩西的故事感兴趣,随后成为摩西的追随者,从而成了伊朗犹太人的祖先。但他们与真正的犹太人没有任何血缘关系。

他希望这个故事能让纳粹当局相信,伊朗犹太人和普通的伊朗人一样,是雅利安人,是纳粹的盟友,他们应当享有伊朗人在纳粹占领区的全部权利,不应受到逮捕和迫害。

纳粹当局起初对这个故事半信半疑,他们本想召集"御用"人种血统专家进行调研,但他的谎言欺骗了安德烈,并在安德烈的帮助下,当局的调查最终不了了之,并给予伊朗犹太人和普通伊朗侨民同等待遇。

七

在这之后,他把伊朗驻巴黎外交机构的签证一个个颁发给了伊朗犹太人和其他犹太人,确保他们能顺利离开。这是生命的签证。

没过多久,他手上的三百份签证就填发一空,而犹太人还在不停地前来。

他向伊朗政府报告了情况,希望获得国家的帮助,但政府拒绝了他的请求——二战期间,伊朗政府保持中立,但仍与德国签订了贸易协定,保持着较为紧密的外交关系,政府不希望因为个人的行为影响到两国的关系,命令他立即停止活动。

这是他为之忠诚的国家,怎么办?在生命面前,他已欺骗了朋友,这一次,他又背叛了自己的国家——签证不够,他自己伪造。

签证越发越多,宪兵盯上了他,聪明的他花费大量金钱举办各种晚宴,邀请安德烈及其他纳粹高官前来参加,以此来避开宪兵的调查。

八

1941年9月,为切断纳粹德国的供给线,英国和苏联组成盟军攻打伊朗,迫使德黑兰政府签订停火协定并中断了与德国的关系。考虑到他的安全,伊朗政府随后向驻巴黎外交机构下令,要求他尽快返回德黑兰。

但是,他选择了留守。虽然没有了外交豁免权,没有了领事馆,但他依旧冒险帮助犹太人,用自己的祖产维持外交机构的正常运作,购买大量礼品赠送给那些纳粹军官,获得对方的信任,利用各种关系帮助犹太人离开。

与此同时,他找到瑞士驻巴黎大使,在他多番请求之下,瑞士人也开始向犹太人提供外交文件,保护他们的利益。

直到二战结束,四年的时间里,究竟有多少犹太人因为得到他的庇护而离开欧洲,他自己都没有准确的数字。只知道大约发放了一千多本护照,单本护照一般可供多人使用,也就是说,他大概救出了两三千名伊朗犹太人,这些人原本很可能被盖世太保送进集中营,遭到虐待甚至屠杀。

九

他叫阿卜杜勒·侯赛因·萨尔达里,二战期间伊朗驻法国巴黎外交官。

在他的帮助下,许多犹太人保住了生命,并在战后过上了幸福生活,他自己却没有那么幸运。1952年,他应召回到伊朗,却受到政府起诉,指认他未经汇报就随意签发伊朗外交文件,是叛国行为。

而他的德国朋友安德烈,也因为他的欺骗而工作失职,被纳粹当局拘捕后下落不明。两件事情的发生,让他陷入无尽的痛苦之中。

1978年,萨尔达里在以色列国家大屠杀纪念馆发表过一次低调的战后感言:"正如你们所知道的,我有幸在德国占领法国的时候,成为伊朗驻巴黎领事,拯救生命是我的职责所在。"

1979年后,萨尔达里被剥夺了退休金,财产被充公,接着陷入贫困。两年后,他在伦敦孤独离世。

真诚对待朋友,忠于祖国,这是一种信仰。在生命面前,他选择了另一种方式,重新塑造了一个高于信仰的原则,人性、良知以及对生命的虔诚,超越了普通的信仰,诠释了什么是最高意义的忠诚——不背叛生命。

【摘自《知识窗》2013年第5期】

失败亦伟大

◎梁文道

我最怕别人提"成功人士"这几个字,一听就会起鸡皮疙瘩。什么是成功人士?我们为什么那么渴望成功?

历史上有很多"失败者"的故事,他们明明很有才华,而且为自己的事业付出艰辛努力,但也许运气不够好,也许竞争太残酷,总之最后还是失败了。但是,有些人是虽败犹荣。

隆美尔就是一位很威风的失败者。他是二战期间享誉全世界的德国名将,做过纳粹陆军军团的元帅,绰号"沙漠之狐"。当年,隆美尔在北非与英国作战的时候,德军完全处于弱势,人数及装备等各方面都远不及英军。但是隆美尔偏偏能神出鬼没地运用"闪电战"技巧,把大量坦克集中到前线一字排开,光这种气势就震住了英军,在好几次战役中都把英国人打得落荒而逃。

他了不起的军事才能就连他的对手都十分钦佩。在他带领德军把英国的北非军团打得屁滚尿流之际,英国报界送给他一个封号——"沙漠之狐"。丘吉尔也在英国国会上公开称赞:"隆美尔是一个伟大的统帅,尽管他在战争中让我们无比惊恐,我仍然要这么说!"

然而他后来被调回德国,在很多事情上与希特勒意见相左。后来他的一些部下想要发动政变刺杀希特勒,隆美尔并不赞成这样做,但他肯定知情。这便引起了希特勒的怀疑,趁着他重病做手术的时候让他服毒自杀了。如果单从结局来看,隆美尔也算是一个失败者。

但这样的失败也许还不是最可怜的,英国化学家罗莎琳·富兰克林更惨,她死的时候才37岁。我们现在都以为,人类遗传基因的双螺旋结构的发现者是詹姆斯·沃森和弗朗西斯·克里克,沃森还写过一本书《双螺旋》,大肆吹嘘自己的发现多么了不起,而事实上,罗莎琳·富兰克林才是"双螺旋结构"真正的发现者。

富兰克林是一位对实验数据非常认真的化学家,她用"X射线绕射"分析做了将近一年的实验,发现沃森跟克里克推论出来的模型是错误的。然后她不眠不休地继续研究,终于在1952年7月第一次成功做出一张完美的X光绕射分析摄影图。在这张图上,可以清楚地看到基因DNA的双螺旋结构,她是第一个拍出来并证明这个结构是真实存在的。

但这张照片却在未经她许可的情况下,被她的一个同事偷偷拿给沃森看了,沃森看到这张照片恍然大悟。这张照片启发了他的整个研究。1953年4月,沃森和克里克在权威期刊《自然》上发表论文宣称自己发现了双螺旋结构。

这算不算是偷窃呢?就像当年比尔·盖茨偷窃苹果的灵感,或者苹果偷窃实验室用滑鼠的灵感一样。对这些,富兰克林完全默默忍受,毫不做声,直到1958年死于癌症。而沃森和克里克在1962年获得诺贝尔奖的时候,对富兰克林的贡献只字未提,甚至在后来的自传中还不断贬低她,说她不过是个"技工",是个"满头乱发、衣着邋遢"的女人,总之描述得非常不堪。

在这个世界上,我们常常以为很多重要而伟大的事情都是由成功人物做出来的,其实成功人物往往可能只是比较狡猾冷酷和心狠手辣,相反,很多失败者到最后反而是带着微笑的。

你愿意做哪一种人呢?相信大部分人还是要做成功人士,这个世界上有太多人在鼓励、教育大家如何迈向成功,而事实上,绝大多数人到最后都不过是一个失败者。所以,与其学习怎样成功,还不如先学好如何做一个微笑的失败者。

【摘自《读书文摘·经典》2013年第8期】

濒临毁灭的冒险

◎佚 名

三四个男孩站在弗吉尼亚州天然桥河道下面。他们看见石灰岩桥墩上面刻了成百上千个名字,于是决心把自己的名字也加上去。一起刻字的时候,一个男孩被疯狂的念头蛊惑,想把自己的名字刻在最高处。同伴试图劝他不要冒险,但是徒劳无功。他是一个狂野、鲁莽的年轻人,唯恐这时候放弃被人看成胆小鬼,所以沿着石灰岩桥墩爬啊爬,越爬越高,终于他只能听到同伴惊恐的声音,听不清他们说些什么。

一个孩子跑到村里,告诉男孩爸爸当下的危险情况。其他孩子四散开来,呼喊求助。很快,上百人围在了河道下面,上千人站在了桥上,全部屏住呼吸,等待即将来临的横祸。可怜的男孩现在只能听到父亲的腔调,声音里尽是绝望。他高喊着:"威廉,威廉,不要往下看!你妈妈、亨利和哈里特都在为你祈祷!不要往下看!眼睛往上瞧!"

男孩没有往下看。他的眼睛盯着天空,年轻的心交给天父。他再次握住了刀,在峭壁的裂隙,在一百英尺以上又加了一英尺,自下而上,完全脱离了人所触及的范围。

太阳已经西斜,只剩半个脸。男人们倚住天然桥外部拽着绳子。当最长的一根绳子被送到男孩身边时,他已经刻下五十多处缝隙。再有两分钟,一切都将结束。刀锋磨损只剩下半寸。男孩的头一阵眩晕。最后一线希望正在枯竭,他的生命悬于正在刻的另一处裂隙,也是最后一处。

当他攀爬着刻下最后一刀时,终于精疲力竭,刀从手中滑落,在峭壁中传来一阵清脆的声音,这把可靠的刀落到了他母亲的脚边!从桥下的人群里传来不经意的绝望的叹息,周遭如同死亡一般寂静。在将近三百英尺的高度,这个满腔热忱的男孩受到了鼓舞,于是闭上了眼睛,把灵魂交给了上帝。

听!一个声音从他的耳畔上方传来!一个半躺在桥上的男人看到了男孩的头与肩膀。他把带着套索的绳结快速放下来,直到可以够到这个沮丧的孩子。所有人都屏住了呼吸,意识有些模糊,带着抽搐,几近晕厥的男孩伸手够到了套索。

当他在可怕的峭壁上悬挂摇晃的时候,没有一张嘴启合。但是当一只坚实有力的臂膀伸下来,把他拉近举起来时,之前噙着泪水、屏住呼吸的人群呼喊着,跳跃着,喜极而泣。从来没有哪个时刻像现在这样,令人从死神手下得以幸免,让人心生敬意。

【摘自《意林》2013年第3期】

最艰难的那一刻

◎王 石

靠着一种状态、一种境界绝处逢生,这绝对是一种巅峰体验。有了这种体验,面对再强的敌手,再大的难关,你都能以一种沉甸甸的镇定来应对。

一

1995年,我正当壮年,万科地产也登上中国地产龙头之位,医生却告诉我："你的腰椎长了血管瘤。若再如此忙碌好动,血管一破,你的下半身就得瘫痪了。"我问:"那我该如何应对呢?"医生说:"多静少动,最好坐轮椅。"我说:"那可不成,还没瘫痪就坐轮椅,怕是不瘫痪也吓瘫痪了。我不怕瘫痪,等真瘫痪了再坐轮椅也不迟。"

其实,还有个想法我没说:在坐上轮椅之前,我得把今生最想做的事做了,那就是登上绝世独立的珠穆朗玛峰。

我毕竟是搞房地产出身,知道梦想如同盖楼,必须从脚下根基处一层层垒起,方能稳稳达到摩天撩云的高度。我开始给自己的梦想"盖楼"。两年时间,广东17座千米以上的山我都踏遍了。两年后,自觉身体攒足了本钱,我开始去登西藏高原。

沿着青藏线刚刚靠近梦中的西藏,豪情满怀的我立刻就被强烈的高原反应折腾得举步维艰。刚到海拔四千多米,我和同伴、司机就受不了了,要么发高烧,要么上吐下泻,吃不下饭,睡不好觉。我表面强硬,却难受得要死。司机说:"咱们回格尔木再说吧。"我说:"格尔木不也是高原吗?既然往前往后都有高原反应,我们还是往前走吧。"

越往前走越难受,越难受越往前走,走到难受的极限,跨过生命的极限,也许就好受了。我果真越来越适应那种难受,一适应,也就不难受了。在西藏折腾了一个月,我就觉得跟当地人没什么两样了。

都说人生苦短,生命有限,可生命是可以从有限到达极限的。医生劝我坐轮椅时,我的运动体检心脏是0分,而满分是5分。从西藏回来再检测,我的心脏蹿升到3分,一下子就是一个及格的运动员水平了。

二

2000年,我再进一步,去西藏登上了一个7000米的山峰。回来一测,我的运动心脏达到5分!直到现在,我一直都保持着5分。都说心有多高,人就能走多高。在我这里,是脚步一步步拉升着心,挑战着生命的极限。命运这东西很有意思,它本想按照它的命数来安排你,可你不服,拼了命跟它斗,它就服了,听你安排了。

山在我脚下越来越高,天在我眼前越来越近,登山慢慢成了我人生的一部分,或者说成了我的生活方式。那感觉就像中了什么魔,上了什么瘾,生活中几天没山,心里头就渴,脚底下就痒,叫人欲罢不能。那种把山踩在脚下的成就感,是荡漾在血脉里的一种享受。熬过艰难就是享受,跨过艰险,剩下的都是享受。

不过,我还是相信科学的。医生说我可能会瘫痪,直到现在我也没有排除这种可能。我想在瘫痪之前,登更高,走更远。下一步,我还要航海,还要滑翔。将来有一天,我若真的瘫在轮椅上,会笑着说:"我走过了。我可以不走了。"

登山运动是在生死线上走钢丝,唯其如此险绝,我才得让自己有充足的储备、充足的把握和信心。轻易犯险不是登山家,不是英雄。尽管准备周全,登到 8800 米高度时,还是出了一个面临生死考验的意外:我的氧气瓶快要空了。

此时离珠峰极顶只有不到 50 米,登上去勉强可以支撑,可下来就没气可喘了。队长说,趁着还有口气,你赶快下撤。从顶峰附近到输送氧气的地方很远,我掂量掂量那口气,根本到不了有气的地方。我面临着今生最艰难的一次抉择:上也没气,下也没气,到底上还是不上?最后,我屏着气低声告诉同伴,也告诉自己:既然上下都没气,我当然选择上。

登珠峰是极限运动,到了峰顶也就到了极限,那里根本没有一览天下小、放纵诗情画意的时间和空间,那会挥霍掉你最后的氧气,挥霍掉你最后的生机。路到极限,生命的耐力、张力也到了极限,你得逃命似的赶快下撤。如果说绝境,世上没有比连口气都不给你喘的境地更绝的了。

可我还是在下撤的路上发现了生机,那就是几十年来那些先行者丢下的废氧气瓶。那些废弃的氧气瓶是不是还残留着一口半口的气呢?我赶紧去捡,掂掂哪个重一些,就马上接上呼吸,果真还有一口气。

就这样一路捡下去,一口气一口气地续着,真是连口气都不舍得喘。撤到8500米高度时，我居然捡到一个特别重的氧气瓶，里面的氧气还有小半瓶！生还的希望大增，可我还是不敢放开喘气，不到有气的地方就得憋着、坚持着。撤到8400米高度，救援队上来，送来满瓶的氧气。我抱着氧气瓶放开了喘，那种痛快淋漓，是尘世间多高的成就、多大的收获都难以企及的。

从山上下来，回到尘世生活，我精力充沛，灵感四溢，似乎这世上再高的坎儿都能跨越，再难的问题都能破解，再混沌的局面都能看明白。从生死线上走一遭回来，世间一切都显得那么新鲜，那么可亲可爱，心胸也更宽阔了，对这个世界满心都是感激与慈爱。一个登过山的人，跟平平坦坦走着的人，确实大不一样。

有信念，坚持住，不放弃，生机就来了。身临绝境，了无生机，人就很容易放弃。等你坚持一下就到顶了，坚持一下就生还了，可能连你自己都不相信自己还有这么大的潜力，还能跨过这么大的一个坎儿。这时，你该多庆幸自己的坚持，自己的不放弃！

【摘自《思维与智慧·下旬刊》2012年第3期】

看不见的盛宴

◎刘宇婷/编译

摄影家约翰·达戴尔有着令人注目的英俊脸庞和一头浓密的黑发。他的眼睛眯缝着，透过瓶底厚的眼镜，微侧着头，身体前倾，试图捕捉到我支离破碎的轮廓，而我就坐在他对面3英尺的地方。约翰的房间摆满了铜质古董，特大号的照相机，以及他令人过目难忘的摄影作品——蓝色调的画面，幽灵般的树木和梦一般的空间里赤裸的情侣……

简直令人难以置信，如此美妙的照片是他借助仅存的微乎其微的视力创造出来的!

"在事业刚刚起步时就丧失了视力,对我来说最可怕的事情莫过于此,"约翰开口道,"我多想看到天空,看到我的手和脸,看到我妈妈。当视力一天不如一天,我感觉自己仿佛在一点点消失……"

10年前的巨细胞病毒性视网膜炎几乎夺走了约翰全部的视力,他只能透过左眼一条月牙儿形的窄缝接触这个世界的光明,可视度不足正常的20%。命运向他无情地宣告:他的艺术生涯结束了。

"该是我证明病魔不一定能结束我创作生命的时候了,"约翰笑言,"到了我成为全球第一位盲人摄影家的时候了。从那以后,我举办了38场国际个展,而我最好的作品还没有诞生。"

约翰实现其信念的飞跃绝非易事,他向我坦露了艰难的心路历程。"起初,我觉得一切都不是真的,这种不幸不可能发生在我这样的天之骄子身上。然而,它就这样发生着,而且快得不容喘息。"

身陷螺旋式下跌中的约翰意识到,他的存活,无论从精神上还是肉体上,都取决于他能否继续进行艺术创作。

一天傍晚,在他纽约北部的农场上,约翰自从失明后第一次拿起相机,接下来发生的事改变了他的人生轨迹。

"我走进牧场,试图拍一张照片。我使用放大镜费力地调节焦距、背景和曝光表,"约翰对我说,"我总是绊在三脚架上,越来越气馁。每次我刚要调好,太阳就移走了,我不得不从头来过。"

"就在我快要疯掉的时候,我终于把每样东西都调好了——简直堪称完美——然而,就在那一刹那,我还没来得及按下快门,太阳落山了!一切都消失了,只剩下黑暗,"约翰说,"那一刻,我也彻底崩溃了。"

"发生了什么?"我问。

"我扑倒在地,头脑一片空白。就那么摔下去,把脸埋进尘土,像野兽一样号哭起来。我哭得死去活来,责问苍天为什么这样对我?我完全失去了控制。"

这段回忆令约翰战栗。他坦承,"幸亏我的朋友走出来看看发生了什么。感谢上帝我并不孤单！他把我抱回房子，放到沙发上，然后将我像孩子般搂在怀里，我倒在他大腿上痛哭流涕，直到体内再也没有一滴泪水。朋友完全没有阻止我。最后，我让他取来相机。我重新枕到他膝上，按下了快门。这张照片是那么美，就像圣母怜子图。我为它起名叫'人类的起源'。"

这幅震撼人心的照片在约翰·达戴尔的早期作品中并非经典，却在一次个展中占据了中心位置。正是这次个展使他从商业摄影爱好者一跃成为世界级艺术大师。

在混沌中创造，在丑陋年代里执著求美——这成为这个卓越男人重获心灵健康的入场券。"如果没有包容和接纳，生存就不具有任何意义，"他解释说，"这就是荒谬之处。你必须接受错误的事情并承认它，使它变得对你有意义。如果你想掩饰或否定，你就会被它无情地吞噬。如果你总纠缠于为什么会这样，你将彻底错过仍然拥有的美好时光。"

"一旦我们深入地体验生活，改变的机会真的是一发而不可收。它就像核能量，只要你能运用得当。一旦穿过火焰就必定被熔化——要么走出来熔炼成金，要么葬身火海。"

对今天的约翰来说，思想的升华甚至比视力更为珍贵，他说："光明来自内心，眼力和视力并非一码事。有时候我想如果上帝下凡答应让我重见光明，但必须忘记我已经领悟的一切，我不会同意。"

【摘自《青年文摘》2009年第3期】

贝尔法斯特女王大学的特别新生

◎孙建勇

坐落在英国北爱尔兰首府的贝尔法斯特女王大学，其教学和科研在国际上享有极高声誉，是英国历史最悠久的十所大学之一。2013年2月,这所世界级名校向中国重庆的一位特别考生发出了电子录取通知书。那么,这位考生究竟有哪些特别之处呢?

第一个特别之处在于,这位考生的英语完全是自学而成。是的,因为情况特殊,这位考生所在学校的课程和普通中小学不一样,他和同学们从五年级开始学解剖学;到了初中,开始学习按摩和中医基础理论,而普通人从小学就开始学习的英语课,在这里并没有开设。2001年,他考进一所特殊的大学,名义上有英语,但实际上他还是没有学到什么,英语水平跟初中差不多。2009年,已经工作三年的他,萌生出国深造的想法,硬是辞掉稳定工作,在家自学英语整整三年,并且三次进入雅思考场,在满分为9分的考试中,分别考出一个6分和两个6.5分的成绩,获得了出国留学的申请资格。也许有人会说:世界上自学英语成才的人多的是,这根本算不了什么。那好,我们看看他的第二个特别之处。

他曾经一个人在为其单独设立的考场里参加雅思考试,他所使用的是一种被转换成适应他生理特点的特殊版本的试卷,普通版本只有10页,而他的特殊版本则有厚厚的100页。本来限时三小时的考试,由于他答题方式的特殊,被延长到十二小时,从早上9点一直考到晚上9点,监考官换了好几拨。

他不仅仅是在考试中这么艰难,其实,在日常生活当中,他都无比艰难,完全是依靠顽强的毅力"摸索"着走过来的。是的,在他出生的时候,他就先天性双眼失明,被黑暗包围的他渴望心灵的明亮,强烈的求知欲从小就占据了他的心灵。

一路走来,艰难可想而知。特别是在自学英语过程中,有一次,他好不容易找来《新概念英语》第二册,四处寻找可以将教材打印为盲文的地方,经多方求助,联系到重庆图书馆,才算解决了问题。

对于一个残疾者而言，能够艰难地走到这一步，实属不易！不过，他还有第三个特别之处，那便是：对人生价值的追求，他永不满足。工作三年后，他并没有像很多人那样满足于安稳，而是有更大的梦想与追求，他想到外面的世界去"看一看"，学习国外先进的东西，他想学成归国后能够为残疾人多做点事情。为了这个梦想，他毅然割舍下稳定的工作，他向利兹大学、贝尔法斯特女王大学等6所国外大学递交了入学申请，并最终被贝尔法斯特女王大学录取。他说："作为一个盲人，去国外学习，我想问题肯定会有，但我相信解决的办法也会有。做每一个决定都是有风险的，有可能一无所获、耽误青春，但是不能因为冒险就不去做事。成不成功不由自己决定，但做不做是自己决定的。"

这个特别的人叫郑建伟。一位不断战胜困难、战胜自己的英雄，他是一个真正的强者！也许，贝尔法斯特女王大学所看中的，正是他身上的这些特别之处吧。

【摘自《意林》2013年13期】

一个美国"北漂"的奋斗

◎佚 名

他坐在我对面平静地说，他再也不想回美国了。

那里有他的父母、弟弟和爷爷奶奶。在美国中部一座仅有5000人的小镇。他一直生活到29岁，从没离开过，未曾见识过美国东部的繁华、西部的浪漫。而立之年的他，第一次踏出家门，就是到中国的北京。他住在公益西桥，从7层的出租屋向北望去，是中国闪闪发光的政治中心。

他是无数普通美国人中的一个,他叫 J,瘦高、短发,总穿着件松松垮垮的帆布外套,从背后看,真是没有丝毫洋派,就像北京大街上一个随时会和你擦身而过的年轻的"北漂"。但熟悉之后,你会发现他有点不一样,和大多数匆忙加迷茫的"北漂"相比,他的表情总是很平静,眼神却总是很执拗。

第一次见到 J 的时候,他开玩笑地说自己和那些有钱的"老外"不一样,在美国,他是一个"loser(失败者)"。他的家庭并不富裕,他和弟弟在母亲的教育下修完了小学到高中的课程;在政府助学贷款的帮助下,他上了一所专科学校;上学时,他不得不利用课余时间到餐馆里洗盘子、到超市当收银员;他的爷爷、奶奶相继得了帕金森病,但没有医疗保险,55 岁的母亲只好放弃工作专门照顾二老;父亲曾经几次尝试到外地找工作,改变家里的经济境况,可是没有学历的他只能四处碰壁;J 毕业后,因为没上过好大学、好专业,也找不到什么薪酬优厚的工作,依然以洗盘子、当收银员为营生,一点一点地还那个跟工资相比如同天文数字般的助学贷款。

后来,一次机缘巧合,专科学校的一位老师推荐他来中国教英语,他二话不说,踏上征程。这时的他一无所有,除了梦想。在北京将近两年的日子里,他每天工作 14 个小时以上,同时兼好几份职。一次,他在一位美籍华裔老板开的英语补习学校做了将近一个学期,临期末时和老板吵了一架。正在气头上的老板不肯给他开工资,他就在老板的办公室里坐了一夜,他说自己跟讨薪的民工没什么区别。

不必上班的日子里,他像巴尔扎克一样勤奋地写作,物质的贫乏并没有戕害他丰富的想象力,在自己的小说世界里,他把梦想发挥到了极致。洋洋洒洒的文字,让他挣脱束缚,插上翅膀,飞越现实的一切藩篱。

一次,J 邀我和他一起去河北涞源,他长期资助着那儿的一个小女孩。我开玩笑问他:"你不把你那点讨薪得来的钱好好攒着还贷款?"他笑了:"你一提贷款,我就要心碎了。"

那天晚上,一片亮闪闪的星空下,一群年轻人在县城路边的小烤肉摊上喝酒,他一上来就给自己灌了两杯二锅头。不会几句中文的他,跟着同桌人一直喊"喝,喝,喝",把大家都逗笑了。等人们渐渐散去,酒桌上越来越安静的时候,他轻轻地告诉我,他觉得那个小女孩的生活环境和自己小时候很像——一样因为经济条件的原因感到很自卑。他说自己的那点资助并不能从多大程度上改变这个家庭,他只是想让那个小女孩知道,在困苦的环境中也能长出顽强的小草,有一天,她也可以走得很远,做很多事。

在北京两年的积蓄,大部分都被他用来还上学时欠下的贷款了。不过每个月他都要留下点钱,计划用一个半月的时间玩一趟"欧洲游",去英国、法国、希腊、德国好好逛一圈,下周就启程。看着J收拾行囊,我相信他再也不是一个生活中的"失败者",他正在一个接一个地实现着他的梦想。

事实上,所谓的英雄主义,就是生活越让自己直不起腰,就越要积极地争取活下去;所谓的幸福,就是认清了这个世界的残酷面目之后,仍然深深地爱着它。这才是"失败者"们该走的正途,无论中外。

【摘自《课外阅读》2013年第11期】

海明威魔咒

◎玛丽尔·海明威　彭嵩嵩/编译

我的爷爷是一位作家,他于1954年获得诺贝尔文学奖,代表作是《老人与海》，他的名字就是欧内斯特·海明威。爷爷为家族带来了无上的荣耀，然而几十年来，病魔却也一直缠绕着他的家族。爷爷在我出生前几个月因病抑郁自杀，而他的父亲早在他年轻时也是因为抑郁症而自尽。爷爷的妹妹、弟弟、我的一个叔叔、两个姐姐后来又相继因酗酒、吸毒、抑郁症或其他怪病而自杀或暴毙。人们都说海明威家族被诅咒了，所有家庭成员都将不得善终。

作为海明威的儿子，父亲继承了一笔沉重的负担：酒精成瘾和滥用药物的倾向，自暴自弃的痛苦，还有自我怀疑，觉得自己一辈子也比不上爷爷。我的母亲很漂亮，却也很痛苦。她的第一任丈夫死于二战，和我父亲结婚后，她一直恨父亲不是她最心爱的人。他们俩每天都打架。生活像钟摆一样，总是在反复地走着极端：不是冷若冰霜的沉默，就是炮火连天的争吵，两者常常紧密相连。

只有食物是唯一不变的。实际上，它是我们感受和表达爱意的途径。全家人始终都会关心晚餐做什么。一顿饭还没吃完，我们已经在计划下一顿了。每天晚上6点是"葡萄酒时间"，一杯酒下肚，一切都是快乐和笑脸，但是随着后续的每一杯酒，大家开始变得紧张易怒，等到第四杯酒过后，狂呼乱叫的家庭战争又开始了。

我16岁离开家乡，到好莱坞当了演员。为了保证不会发胖、生病或发疯，我下定决心要打败从家族那里继承来的偏执——那是一条与斗牛一起狂奔似的生活道路，它被深深地烙在家族基因之中，而我时刻都能感到它在身后飞快地追赶着我。

我无法改变基因，但是我拒绝向命运的诅咒低头，我想要健康地活下去。我觉得控制食物似乎是最好的方法，于是我几乎尝试了每一种食疗方法：长寿主义、素食主义、无脂肪、全脂肪、无蛋白质和高蛋白质等食谱。有一年我甚至除了水果和咖啡什么都不吃。但是这些痛苦的试验却对我毫无效果。对食谱的严格控制反而变成另一种偏执。

  我开始审视自己的童年,尝试着回忆当初最平静最惬意的时刻,答案很快就变得清楚了:是夏天。夏天的时候,父亲常常去钓本地的红鲑鱼,家里每天都有新鲜鱼肉。我们还经常吃菜园里新鲜蔬菜拌成的沙拉。每年夏天我都要到俄勒冈州旅行,和我的教母一起住一段日子。她家有好多果树,新鲜水果多得吃不完,菜园里种着各色蔬菜,山上还散养着鸡和山羊,这样我们就有新鲜鸡蛋和羊奶了。回想起往事,我得到了一个令人吃惊的启示:纯天然的食物不仅对身体有益,对心灵也有好处。

  于是我开始吃最天然的食物,又戒掉了喝咖啡成瘾的习惯,每天做瑜伽和冥想,身心终于逐步健康起来,全家人其乐融融。后来我在电视电影界都取得不错的成绩,获得了奥斯卡最佳女配角奖提名,还登上《人物》杂志的封面。最近我又开办了自己的瑜伽健身房,写作出版了好几本关于身心健康的书。我还筹划去巴黎亲自执导、将爷爷的小说《流动的飨宴》拍成电影。我终于打败了海明威家族的诅咒!

【摘自《意林》2009年第20期】

不要去找丢失的印信

相信自己,无需向世人做出解释,但是相信他人,却需要攒着极大的勇气以及智慧。就像父亲伸手去接墙上跳下来的孩子,孩子之所以毫不胆怯地跳下来,在于父子间早已建立好的信任感,而选择相信陌生人,却需要承担纵身一跃重摔在地的风险。

不要去找丢失的印信,要去重建礼崩乐坏中摇摇欲坠的信任危机。唐朝宰相裴度印信丢失,不加声张,以示镇静,聪明之处不在于其预估风险的能力,而是在于智识与度量的把握,因其得法,万事万物便有了回旋的余地。

不要去找丢失的印信

◎清风慕竹

唐朝时,裴度为相。有一天,他因公务在中书衙门里大宴宾客,酒喝得很畅快,宾主都很高兴。当此热闹之时,一名属下悄悄走进宴会厅,径直来到裴度身边,拉了下他的衣襟,低声向他禀报说,他们加班起草了一份公文,想去加盖印信,发现存放印信的盒子还在,可印信却不翼而飞了。

印信者,公章也。当官的人都知道,公章是权力的凭证,如果把公章弄丢了,那可是重大的失职,弄不好乌纱帽就没了。搁谁谁不着急呢?可裴度听了以后,没有显露出一丝紧张的样子,他手里端着酒杯,一副怡然自得的神情,只小声警告他们说:"现在正在宴请宾客,你们先退下吧,别扫了大家的兴,把嘴巴闭严,不要声张。"

属下很疑惑,这么大的事,连让找找都不说,不知道这位宰相大人葫芦里卖的什么药,满腹狐疑地退了出去。酒宴丝毫没有受到影响,一直喝到半夜,正感觉畅快淋漓之时,那名属下又面带喜色地向裴度汇报说:"大人,印信又回来了,在盒子里安然无恙,真是活见鬼了。"裴度没有说话,挥手让他走开了,宴会尽欢而散。

事后属下问裴度说:"知道公章丢了,你怎么不着急呢?"裴度回答说:"这一定是衙门里的人私下里书写契券,然后偷拿印信盖上公章,我料想他写完后就会放回原处,如果此时声张起来,他肯定狗急跳墙,为证清白而把印信偷走扔掉,那就再也找不回来了。"属下一听,恍然大悟,非常钦佩。他又建议说,"现在印信找回来了,为什么不查出此人,杀一儆百呢?"裴度回答说:"印信能够轻易被拿出,说明管理有问题,这个责任在我。哪个人没有缺点和毛病呢？如果事事吹毛求疵，揪住小辫子不放，那世上就没有可用之人了，所以不必在意了。"

明人冯梦龙在评价这件事时，由衷地赞叹说："不是矫情镇物，真是透顶光明。"意思说，不是裴度故作安闲，以示镇静，而是聪明透顶，料事如神。这就是古人说的"智量"，"智不足，量不大"，没有足够的智慧，做事也就失去了回旋的余地。

裴度的一生，历经四朝，三度为相，五次被贬，可不管是升是降，是荣是辱，他都坦然接受，胜不喜，败不馁，进退无怨，得失无悔，虽仕途凶险，却得善终，智量之功不可没。

人生难免遇到急难险重、沟沟坎坎，这时往往是最考量我们智量的时候。遭人算计不必气急败坏，遇到险厄不必惊慌失措，上得去还要退得回，拿得起还要放得下。从容点，淡定些，为别人留出宽宏的度量，也就为自己留出了广阔的空间。可见，智量不仅是一种修养，更是一种智慧呀！

【摘自《意林》2013年第8期】

最大限度地逼近真实

◎毕淑敏

朋友给我讲过这样一个故事。

他祖父小的时候，很聪明，也很有毅力，学业有成。正欲大展宏图之际，曾祖将他叫了去，拿出一个古匣，对他说："孩子，我有一件心事，终生未了。因为我得到它们的时候，一生的日子已经过了一半，剩下的时间，不够我把它做完。"

原委是这样的。早年间，江南有一家富豪，酷爱藏书。他家有两册古时传下的医书，集无数医家心血之大成，为杏林一绝。富豪视若珍宝，秘不示人，藏在书楼里，难得一见。后来，富豪出门遇险，一位壮士从强盗手里救了他的性命，富豪感恩不尽，欲以斗载的金银相谢。壮士拒绝,却提出想用富豪的医书,救普天下人的性命。富豪想了半天,说:"我可以将医书借给你三天,但是三日后的正午,你必须完璧归赵。"

壮士得了书后,快马加鞭急如星火地赶回家,请来乡下的诸位学子,连夜赶抄医书。书是孤本,时间又那样紧迫,荧荧灯火下,抄书人目眦尽裂,总算在规定时间之内,依样画葫芦地描了下来。壮士把医书还了富豪,长出一口气,心想从此以后,可以造福于天下黎民了。

谁知,抄好的医书拿给医家一看,才知竟是不能用的。医家以人的性命为本,亟须严谨稳妥,这种在匆忙之中由外行人抄下的医方,讹脱衍倒之处甚多,且错得离奇,漏得古怪,寻不出规律,谁敢用它在病人身上做试验呢?

壮士造福百姓之心不死,想晓以大义,再请富豪将医书出借一回。当他骑着马汗流浃背奔赴到目的地时,迎接他的是冲天火光。富豪家因遭雷击燃起天火,藏书楼付之一炬。

从此这两册抄录的医书,一代代流传了下来,却像鸡肋,没有人敢用上面的方剂,也没有人舍得丢弃它。书的纸张黄脆了,布面断裂了,后人就又精心地誊抄一遍。因为字句的文理不通,每一个抄写的人都依照自己的理解,将它订正改动一番,弄得愈加面目全非,几成天书。

曾祖的话说到这里,目光炯炯地看着祖父。

祖父说:"您是要我把它们勘出来?"

曾祖说:"你只说对了一半,不是它们,是它。工程浩大,你这一辈子,是无法同时改正两本书的。现在,你就从中挑一本吧。留下的那本,只有留待我们的后代子孙,再来辨析正误了。"

就像在两个陌生的美女之中挑选自己终身的伴侣,祖父一时不知所措。

"随意吧。它们难度相同,济世救人的功用也是一样的。"曾祖催促道。

祖父随手点了上面的那一部书。他知道,从这一刻,这一个动作,就把自己的一生,同一方未知的领域,同一个事业,同一种缘分,紧紧地粘在一起。

曾祖把祖父选定的甲册交到他手里,把乙册收了起来,不让祖父再翻,怕祖父三心二意,最终一事无成。

祖父没有辜负曾祖的期望,皓首穷经,用了整整半个世纪的时间,将甲书所有的错漏之处更正一新。册页上临摹不清的药材图谱,他亲自到深山老林一一核查。无法判定成分正误的方剂,他采集百草熬药炼成汤,以身试药,几次昏厥在地。为了一句不知出处的引言,他查阅无数典籍……

那册医书就像是一盘古老石磨的轴心,天文地理古今中外,凡是书中涉及的知识,祖父都用全部心血一一验证,直至确凿无疑。祖父的一生围绕着这册医书旋转,从倜傥的翩翩少年直到变成鬓发如雪的老人。

按说祖父读了这许多医书,该当成为一代良医。但是,不。祖父的博学只为那一册医书服务,凡是验证正确的方剂,祖父就不再对它们有丝毫留恋,弃而转向新的领域探索。他只对未知事物和纠正谬误有兴趣,一生穷困窘迫,竟不曾用他验证过的神方医治过病人,获得过收益。

到了祖父垂垂老矣的时候,他终于将那册古书中的几百处谬误全部订正完了。

人们欢呼雀跃,毕竟从此这本伟大的济世良方,可以造福无数百姓了。

但敬佩之情只持续了极短的一段时间。远方出土了一座古墓,里面埋藏了许多保存完好的古简,其中正有甲书的原件。

人们迫不及待地将祖父校勘过的甲书和原件相比较,结果是那样令人震惊——祖父校勘过的甲书,同古简完全吻合!

祖父用毕生的精力,创造了一项奇迹。

但这个奇迹,又在瞬息之间烟消云散,毫无价值。古书已经出土,正本清源。祖父的一切努力,都化为劳而无功的泡沫。没有人再忆起祖父和他苦苦寻觅的一生。

讲到这里,朋友久久地沉默着。

"古墓里出土了乙医书的真书吗?"我问。

"没有。"朋友答。

我深深地叹息说:"如果你的祖父在当初选择的那一瞬间,挑选了乙书,结果就完全不一样啊。"

朋友说:"我在祖父最后的时光,也问过他这个问题。祖父说,对我来讲,甲书乙书是一样的。我用一生的时间,说明了一个道理:人只要全力以赴地钻研某个问题,就有可能最大限度地逼近它的真实。"

祖父在上天给予的两个谜语之中,随手挑选了一个。他证明了人的努力,可以将千古之谜猜透,这已经足够。

【摘自《微型小说选刊》2012年第5期】

红尘里的坚守

◎包利民

一

有一天。很不幸地发现自己居然有张50元的假币。仔细地回想,记起这钱是前天在街上的烟摊买烟时找回来的。犹豫了良久,还是去那个烟摊碰碰运气。

烟摊的主人是一个四十多岁的女人,听我说了情况,接过我手里的钱看了看,居然二话没说就给我换了一张。

此时,又有一人拿了张20元面值的假币跟那女人理论。女人接过钱看了看,说:"对不起,这不是从我这儿找出去的!"那人一再坚持,女人还是不给换,引得许多人围拢过来看热闹。见人多了,那人似乎有了底气,扬着那张钱讲事情的经过,人们纷纷指责卖烟的女人。女人似乎气极,从口袋里掏出一大把钱来,都是10元以上50元以下的面值。她把钱摊开给大家看,说:"我知道现在假钱多,我原有的钱和收来的钱,都用笔在角上点了一点,我就怕把假钱找给别人,回来时我好给人家换!"

那人终于讪讪地走了,人们议论纷纷。站在旁边,看着这个在风雨街头摆烟摊的女人,由衷地生起一种钦敬。

二

十年前,曾在一个偏远的小镇上当教师,教初中。班上有一个叫李雨格的女生,文静漂亮,只是学习不好,家里也贫困。我曾对她进行过一次家访。

我去的时候,她姐姐在外间的灶台上做饭,她奶奶和母亲双双卧病在炕,而雨格正大声地训斥着弟弟:"你看大姐学习那么好都不念了,在家里干活,我学习又不好,可你还不好好学习,你想想咱爸当初咋跟你说的,你对得起谁啊?"终于了解到,她父亲早故,最大的心愿就是让孩子们都能上学,至少也要读完初中。

只在那里教了一年多的书,我便又辗转他方。再次的邂逅已是七八年以后了,在省城。当时在街上看到一群女孩子,大多花枝招展,只有一个却朴素得有些土,便多看了几眼,依稀有些面熟。正巧那女孩也看过来,立刻跑过来惊喜地叫了声老师,终于认出李雨格。她说是来城里给母亲买药的,她早就不上学了,并兴奋地告诉我,她弟弟今年考上大学了。

我有些好奇地问起远处那些女孩,她脸红了一下,说:"都是我的老乡啊,她们都说是出来打工的。我不出来,在家里种蔬菜呢!"

有一种很复杂的情绪在心里涌动,看着雨格因长年劳累而粗糙的双手,忽然明白,她的心里,在努力地保存着一些东西。

三

在哈尔滨的时候,认识一个同事,我们一块工作了三年。关于他有一件奇怪的事,每年的阴历七月十一那天,他都必要请一天假,若是正逢周六周日,更是四处也找不到他。

去年,去沈阳办事,在一个过街天桥的入口,忽然就与他相遇了。当时我震惊得说不出话来,他一身破旧的衣裳,头发蓬乱,坐在那儿,面前放一纸盒,里面零零散散的钱。他居然成了乞丐!

良久,我才走到他面前,轻轻地叫他的名字,他抬眼,终于认出我,很是惊喜。我问:"你怎么……"

他起身,拿起那纸盒,说:"走吧!"他顺手将纸盒给了街角的另一个乞丐。随他进了附近的一个旅馆,他洗漱了一下换了衣服,带我出去吃饭。这其间我一直无法开口询问。路上,他对我说:"今天是阴历七月十一啊!"瞬间想起了他的事,满肚子疑惑。

一杯酒下去,他对我说:"每一年的这天,我都要来沈阳当一天的乞丐!不怕你笑话,当年我妈就是乞丐,她带着我一路乞讨到了沈阳,找我爸。我爸没找着,我妈却死在了这里。那时她就在过街天桥那儿,她让我在附近玩儿,不让接近她。后来我明白了,她是不想让我体会那种滋味啊!那年的七月十一,我妈犯心脏病死了,我记得当时她的眼睛里,对我是多么的不放心和舍不得!我参加工作后,每一年的今天,我都来沈阳,在那里当一天乞丐,体会我妈当年的心情,就当是我对她的怀念和报答……"

【摘自《格言》2012年第1期】

毁了画,却修了心

◎张珠容

在西班牙博尔哈镇一座教堂的墙壁上,一直存在着一幅精美绝伦的壁画。这幅壁画画的是戴着荆棘冠的耶稣,它的作者是19世纪著名画家马丁内斯。去年,这个教堂屋顶的局部在一次暴风雨中被毁坏,墙上的壁画也因此受到一定程度的摧残。加上年限已久,壁画上的颜料慢慢剥落,荆棘冠耶稣明显"受伤"了。

最先发现壁画损坏的是住在教堂附近的一个80岁老妇伊莲娜。伊莲娜是一名虔诚的基督教徒,她常来教堂做祷告。眼看着壁画损坏的程度越来越严重,伊莲娜既心疼又着急。她好几次叫孙子去当地文化局提修复壁画的建议,可孙子次次无功而返。原来，文化局的人告诉他，修复好壁画需要一笔不菲的经费，而当地政府一时拨不出来。

伊莲娜又气又急，她想，再这么下去，壁画上的颜料肯定会掉光的。与其看着它慢慢模糊，不如自己冒险尝试一下！伊莲娜冒出了一个大胆的想法：自己修复壁画。她觉得，虽然壁画上的颜料已经掉了一部分，但耶稣的形象早已刻画在自己心里，只要自己凭着记忆，肯定能修补得差不多。

她到街上买回颜料，开始了伟大的"修复工程"。可是，艺术毕竟是艺术，壁画并不是随便哪个人能画得了的，加上伊莲娜已经80高龄，所以她的手一直在颤抖。就这样，伊莲娜越修越糟糕，她把耶稣的嘴巴修成了模糊一片，把荆棘冠描成了一个毛皮罩，把……最后，壁画被伊莲娜修改得面目全非。

全部修好之后，伊莲娜显然也被眼前的壁画吓了一跳。她不明白为什么自己的热心却换来了如此糟糕的结果，她更不知道，自己的无心之过即将面临一场大考验。

原来，就在十几天前，远在他乡的壁画作者的孙女玛丽亚也得知了壁画损坏的消息。她也心疼不已，于是四处募集善款。三天前，玛丽亚将一大笔善款汇给博尔哈镇教堂的负责人，希望他出面请复修专家来修复祖父的经典画作。让他们万万没想到的是，一个80岁老妇竟然赶在他们前面抢先修好了壁画！只不过，现在的壁画已经完全被"毁容"。

壁画被毁的事情被媒体披露之后，包括伊莲娜在内的所有人都猜测，作为最大的受害人，玛丽亚肯定会向法院起诉伊莲娜，因为壁画已完全失去艺术价值。出乎所有人的意料，玛丽亚不但没有起诉伊莲娜，反而特意找到她道谢。

这个戏剧性的转变让所有媒体记者感到疑惑，他们找到玛丽亚询问她为何如此善待一个毁掉经典壁画的人。玛丽亚说："之前壁画失修，文化局一直没有请人修复，所以伊莲娜奶奶才自告奋勇前去修补。正因为如此，她才闯了祸。她的犯错说明了什么？说明她比任何人都爱惜、心疼我祖父的画，她迫切希望壁画早日恢复原样！我想，祖父天上有知，一定可以原谅伊莲娜奶奶,因为壁画还可以再画,但这样的善心却不多得!"

所有人都为玛丽亚的回答感到震惊,全场安静了下来。片刻之后,有人带头鼓掌,一秒钟后,全部的人都跟着鼓起了掌。他们在为玛丽亚的宽恕喝彩,更为伊莲娜的善心感动!

站在一旁的伊莲娜早已热泪盈眶。

的确,虽然她毁了壁画,却修复了世人的心。

【摘自《小品文选刊·笑品》2013年第1期】

不露痕迹地施与

◎周 礼

十八岁那年,我考上了省外的一所大学,父亲本来要送我,但被我拒绝了。临行前,他千叮咛,万嘱咐,让我一路上一定要注意安全。我不耐烦地说,知道了,您回去吧!说完,我头也不回地上了火车。

这是我平生第一次出远门,也是我第一次坐火车。我不知疲倦地注视着车窗外移动的风景,一切都是那么的新鲜而又美丽。临近中午,火车上有人推着盒饭来卖。正好我的肚子饿得咕咕直叫,于是伸手去摸兜里的钱,这一摸让我心惊胆战,浑身直冒冷汗。兜里空空如也,只有一条被划破的口子,像一只鳄鱼张大着嘴巴。小偷是何时来光顾的,粗心的我全然没有察觉。

原以为《天下无贼》的场景只会发生在故事里、电影里,没想到却实实在在地落在了我的身上。从小到大,我从未经历过这样的事,顿时六神无主,不知所措,一下子瘫软在座位上。怎么办呢?现在自己身无分文,身边又没有一个亲人和朋友可以依靠,既不能进,也不能退,我陷入了绝望的境地。

就在这时,旁边座位上一位中年男子关心地问我:"小兄弟,你怎么了,看你脸色很差,是不是生病了?"

我摇摇头。想起自己的境况,忍不住伤心地哭了起来。中年男子见状,慌忙安慰我说:"小兄弟,你别着急,有什么事讲出来,说不定我能帮上你的忙呢!"

我抹了一把眼泪,抽泣着向中年男子讲述了自己遭遇小偷的经过。我满以为自己的不幸会博得中年男子的同情,谁知中年男子听后并没有实际的行动,只是感叹着说:"火车上的治安环境不太好,你一个人出门要小心些!"

我失神地望着窗外,先前认为美不胜收的风景一下子变得暗淡了。我不敢想象,接下来我会遇到怎样的困难,或许只能靠乞讨才能到达学校。为了稳定自己的情绪,我从包里拿出一本书来读,那是中学毕业时语文老师送给我的一本旧书。

我做梦也没有想到,当旁边那位中年男子看到我手里的书时,眼里闪现出奇异的光芒,他对我说:"小兄弟,你这本书卖吗?"

我简直不敢相信自己的耳朵,竟然有人喜欢这本破书,我眼里顿时有了一丝希望,像是抓住了一根救命稻草,想也没想就高兴地说:"当然要卖,只是不知你能出多少钱。"

中年男子伸出了三个指头。我失望地说:"三十?"中年男子摇摇头说:"不是,三百!"

此刻,不要说三百元,就是两百元,我也十分乐意。我大喜过望,赶紧将手里的书递给那位中年人,生怕他会后悔。不过,我的担心完全多余,中年人爽快地从钱夹里取出三张百元大钞给我,然后爱不释手地抚摸着,像是获得了什么珍贵的宝贝。

有了这三百元钱,我不但不会挨饿,而且去学校的资费也绰绰有余。也不知过了几站,中年男子从货架上取下行李,向我挥挥手说:"小兄弟,我下车了,你多保重。"我也朝他挥了挥手,感激地目送着他离开。

到达学校后,我心里竟有些后悔,因为我觉得那本书应该不止值三百元。半年后的一天,我无意中在一个地摊上发现了一本跟我那本一模一样的书,一问价格,只要三元钱。那一瞬间,我突然明白过来,那根本不是一本值得收藏的书,中年男子用独特的方式帮助了我。

这件"小事"我一直深深地珍藏在心中,它让我懂得了:无形的帮助,是对受助者最大的尊重。

【摘自《感悟》2012年第10期】

原　谅

◎尤　今

在上海的一家餐馆里。

负责为我们上菜的那位女侍,年轻得像是树上的一片嫩叶。

她捧上蒸鱼时,盘子倾斜,腥膻的鱼汁鲁莽地直淋而下,泼洒在我搁于椅子的皮包上!我本能地跳了起来,布满阴霾的脸变成了欲雨的天。

可是,我还没有发作,我亲爱的女儿便旋风似的站了起来,快步走到女侍身旁,露出了极为温柔的笑脸,拍了拍她的肩膀说:"不碍事,没关系。"女侍如受惊的小犬,手足无措地看着我的皮包,嗫嚅地说:"我,我去拿抹布来……"万万没想到,女儿居然说:"没事,回家洗洗就干净了。你去做事吧,真的,没关系的,不必放在心上。"女儿的口气十分柔和,倒好似做错事的人是她。

我瞪着女儿,觉得自己像一只气球,气装得过满,要爆炸却又爆不了,不免辛苦。

女儿平静地看着我,在餐馆明亮的灯火下,我清清楚楚地看到,她大大的眸子里,竟然镀着一层薄薄的泪光。

当天晚上,返回旅馆之后,母女俩齐齐躺在床上,她这才亮出了葫芦里所卖的药。

负笈伦敦3年,为了训练她的独立性,我和先生在大学的假期里不让她回家,我们要她自行策划背包旅行,也希望她在英国试试兼职打工的滋味儿。

活泼外向的女儿,在家里十指不沾阳春水,粗工细活都轮不到她,然而到了人生地不熟的英国,却选择当女侍来体验生活。

第一天上工,她便闯祸了。

她被分配到厨房去清洗酒杯,那些透亮精致的高脚玻璃杯,一只只薄如蝉翼,只要力道稍稍重一点,便会破成一堆晶亮的碎片。女儿战战兢兢、如履薄冰,好不容易将那一大堆好似一辈子也洗不完的酒杯洗干净,刚松了一口气,没想到身子一歪,一个趔趄撞倒了杯子,杯子应声倒地,"哐啷、哐啷"连续不断的一串串清脆响声过后,酒杯全变成了地上闪闪烁烁的玻璃碎片。

"妈妈,那一刻,我真有堕入地狱的感觉。"女儿的声音里还残存着些许惊悸,"可是,您知道领班有什么反应吗?她不慌不忙地走了过来,搂住我说:'亲爱的,你没事吧?'接着,又转过头去吩咐其他员工:'赶快把碎片打扫干净吧!'对我,她连半句责备的话都没有!"

还有一次,女儿在倒酒时,不小心把鲜红如血的葡萄酒倒在顾客乳白色的衣裙上,好似刻意为她在衣裙上栽种了一季残缺的九重葛。原以为顾客会大发雷霆,没想到她反倒过来安慰女儿:"没关系,酒渍嘛,不难洗。"说着,站起来,轻轻拍拍女儿的肩膀,便静悄悄地走进了洗手间,不张扬,更不叫嚣,把眼前这只惊弓之鸟安抚成了梁上的小燕子。

女儿的声音充满了感情:"妈妈,既然别人能原谅我的过失,您就把其他犯错的人当成是您的女儿,原谅她们吧!"此刻,在这静谧的夜里,我眼眶全湿。

【摘自《辽宁日报》2012年7月27日】

从伪君子做起

◎ 姜钦峰

在许多场合,李敖都提到过一个小故事:

有一次,撒切尔夫人在首相官邸宴请贵宾。宴会进行到中途,一个年轻的女服务员上来给众人分汤,每人一份。当她把汤捧到一位内政大臣面前时,不小心竟把汤碗打翻,滚烫的汤汁全都洒了出来,内政大臣猝不及防,衣服弄脏了不说,手也被烫伤了。女孩子吓得不知所措。这时,撒切尔夫人赶紧跑过来,抱住那个惊惶失措的女孩子,拍着她的肩膀说:"亲爱的,这种错误我们每个人都会犯,你不必难过!"安慰完女孩子后,她才去慰问那位受伤的内政大臣。

撒切尔夫人这个小小的举动,令李敖五体投地,敬佩万分。

有意思的是,个性张扬的李敖好不容易找到一个自己崇拜的人,偏偏又遭到质疑。在一次采访中,李敖向记者说起撒切尔夫人的故事,哪知记者并不感动,反而当面表示质疑:"我觉得这都是做给别人看的,在那样的公共场合,假如换成我,我也会这么做。"

李敖点头笑答:"作之不止,乃成君子。"

这句话出自《资治通鉴》。魏国国君安釐王问孔斌,谁是天下高士?孔斌说:"世上根本没有完美无瑕的君子,如果退而求其次的话,那么鲁仲连勉强算一个。"安釐王摇头道:"鲁仲连恐怕也算不上,此人表里不一,他的行为举止都是强迫自己做出来的,并非本性的自然流露。"这时候,孔斌说了一句挺经典的话:"作之不止,乃成君子。"人都是强迫自己去做一些事情的,管他真心还是假意,假如能不停地这么做下去,到最后习惯成自然,就成了君子。

就算是演戏,为了做给别人看,只要你坚持不懈地演下去,天长日久,演着演着就弄假成真了。如果有人为了装好人,天天强迫自己去做好事,有什么不好呢?倘若一辈子都这么装下去,那就是名副其实的大好人了。

【摘自《可乐》2010年第11期】

人生是选择的总和

◎俞敏洪

几个月前,我乘晚班飞机抵达印度海得拉巴。下飞机后,我发现几乎没有出租车。过了一会儿我才搞清楚,当地的司机正在进行大罢工。我耐心等了一会儿,还是没有车。半小时过去,我连出租车的影子也没看到。正当我准备给朋友打电话时,身后飘来一个沙哑的声音:"先生,去哪儿?"一个40岁左右、面带微笑的男人朝我走来。"现在都在罢工,你打不到车的,我的车就在不远处。"他热情地递过来一张名片,上面写着他的英文名字罗摩、联系信息及所在出租车公司等细节。

简单的几分钟交流后,他的谈话风格和流畅的英语让我吃惊不小。我听说过很多关于司机利用机场位置偏远而宰客的故事;我也听说过一些司机善于花言巧语取悦乘客,从而狠捞一笔的旧闻。所以,有两个选择摆在我面前:信任他或者等朋友来接我。最后,我选择了第一种。

事实证明,接下来的45分钟谈话十分有趣。

"你说你有英文硕士学位?"我好奇他的英语说得如此好。

"是的,坐监狱时修完的学位。"我一时间不知道如何接话,沉默片刻后,罗摩接着说:"我被指控谋杀,入狱5年。那时我才20岁,有着浓厚的学习兴趣。"

"那么,之后发生了什么?"我问道。

罗摩笑着说:"我保持积极的态度,在狱中完成了学业。"

"那你为什么要杀人?"我继续问。

"我没有,我是无辜的。"他平静地说。

"什么?"我彻底惊呆了。

又是一段时间的沉默,罗摩说:"当我很小的时候,母亲就告诉我,每天清晨起来我都有一个选择,决定当天发生的事情是好是坏。当坏事发生时,你可以选择成为受害者,或者从中学习到什么,我选择后者。"

"是的,道理没错,但是做到并不容易。比如你无辜被逮捕,这让人怎么忍受?"我有些替他鸣不平。

罗摩说:"生活中,很多事情会砸到你头上,反过来,你也可以有力地回击,决定事情的发展方向。你遭遇的每个状况都是一道选择题,你可以选择自己如何应对,如何不让别人影响你的情绪。不管怎样,你的选择决定了你日后的生活方式。如今我出狱了,依然过着美好的生活,组建了美满的家庭。"

快要到达目的地时,罗摩先生留下最后一句话:"当我们做出的选择是遵从内心的想法,而不是为了取悦别人时,做选择就会容易一些。"

如今,仔细想想以前的时光,我恍然意识到,人生这场戏的最终结局,其实就是一个个选择叠加起来的总和。

【摘自广州日报2013年9月28日】

尊重别人就是尊重自己

◎刘 墉

一天,在台北我跟一位同学刚进停车场,就看见一位年轻漂亮的小姐,给她的狗擦屁股。因为画面太有意思,我就偷偷看,只见那小姐擦完,打开车门,先把刚用完的卫生纸放进车里,再把狗抱上车。我的同学说:"好恶心!"但是我说:"好感动。"她把卫生纸放进车里,而不是扔在地上,令我感动。

这件事让我想起三十年前,在纽约中央车站,看见的一个相似的画面。一位穿着华丽的贵妇,蹲在大厅中央的地上,当着旁边上千经过的人。用卫生纸擦她刚刚打翻的咖啡。纸不够,又到旁边的洗手间拿,回来继续擦。我对同行的朋友说:"真丢人!"朋友却笑笑说:"真令人尊重。"

尊重和自尊的关系很微妙:儿子刘轩念中学的时候虽然很叛逆,但是他说过两件事,我不但服气,而且难忘。一件是我们看篮球转播。刘轩问我:"你有没有发现投进球的人总是第一个反防?"我说:"投进球的人,刚冲锋陷阵,一定最累,而且最可能接近对方的底线,为什么还最先反防?"刘轩理直气壮地说:"就因为他立了功啊!人有自尊的时候会更拼命!"另一件是有一天,在街上走,看见墙上被人涂得乱七八糟。我骂:"真差劲!没公德!"刘轩竟不以为然地说:"如果你注意的话,就会发现他们乱涂乱画当中,也有一种公德。"我怔了一下:"有什么公德?"刘轩说:"你看!哪个涂鸦画得特别讲究、特别漂亮,别人就不会在上面再乱画,所以那些特别好的涂鸦能一直留在墙上,让大家欣赏。"我当时没吭气,可是后来发现他说得没错。在一大片墙壁当中,你可能看见四周被涂了又涂,中间却留下一幅最棒的,没人碰。

"自尊"与"尊重别人",是我们常挂在嘴边的词,但是表现出来,却可能大不同。记得有一天朋友聚会,有人说笑话——老公下班回家,一进门就问:"今天哪个男人来过了?"老婆吓一跳:"你怎么知道有男人来过?确实有人来,是修水管的工人。"丈夫一笑说:"我当然知道。我一眼就看出来了,因为抽水马桶的坐垫是翻上去的。"讲完,大家都笑了。可是有位太太很不以为然地说:"算了吧!这个男人以为他聪明,其实不见得,因为只有没教养、不尊重女性的男人,才会在掀起马桶坐垫小便之后,不再放下来。"

"自尊"与"尊重别人"其实是一件事,因为你不能对别人表现尊重的时候,会被人看不起,也会伤到自尊。譬如推门,不顾后面有人,把门一放,差点打到那人的鼻子,是不尊重;吃自助餐,餐台上的龙虾只剩三块了,你暗自高兴,于是一口气把三块全夹进盘子,却不顾后面还有一长排等着的人。当你大摇大摆,端着三块龙虾离开的时候,是不是也显示了你的自私?同样的道理,中国人吃饭有规矩,大人没吃之前,晚辈不能先吃,而且晚辈可以夹,但不能挑。各位有没有想过为什么?因为你挑,表示把好的挑去,把不好的留给别人,甚至是留给长辈,非但显示自私,而且是对同桌人的不尊重。

"自尊"与"尊重别人",更表现在"守时"这件事上。

台湾著名导演李行讲过一个故事,令我印象深刻——

有个著名的男演员,耍大牌,常不守时。有一天拍戏,大伙全到了,独独不见那个男演员。导演说:"等他!"二十分钟,三十分钟,一个钟头,导演、演员、摄影、灯光、场记、场务,大家全乖乖地等。终于,那男演员到了。导演没骂他,但是也没开工,而是站起来,对所有的人说:"好了!收工!"于是灯光灭了,大家全走了,留下那一个演员,呆呆地站在黑黑的场子中间。从此,那男演员再也不敢迟到。为什么?因为由他不尊重别人这件事上,伤害到了他的自尊。

所以尊重别人,常常不是公德,而是私德。从心灵深处在乎别人的私德,常常比公德更重要。

【摘自百度文库】

改变命运的咳嗽

◎程刚

那一年,我到省城打工,在一家门窗加工点落了脚,尽管我很珍惜这份工作,干的也非常卖力,可老板却是一个十分难伺候的人,总是以这样或那样的借口找茬,而且动不动就要挟让我走人,只是我的堂叔是他朋友,我是堂叔介绍来的,他一直不好意思辞退我。另外,我刚到这个城市,人生地不熟,找起工作十分麻烦,我便一直忍气吞声地干着。

那一天,工点所有人都在一个工地上安装,天空下起了小雨。我给师傅到工棚里取雨衣，可刚到门口，就听见老板和会计在里面说话，像是在争吵。我轻轻地站在外面听了一下，原来，老板刚才又接了一个小工程，要的很急，想把人都带过去，可这边的活还没有干完，他便想留我一个人在这里干。会计不同意，说那边干完了大家可以到景点转一转，就算给大家的福利了，留下小程一个人不好，伤孩子的心。可老板却不在乎，对会计说："就留他在这，伤就伤，我早就想把它撵走了……"我听到这里，顿时火冒三丈。

那一天，我真的被留了下来，在雨中一个人干活。想着老板他们坐着火车到另一个城市，然后到景点游玩，我越想越委屈，泪水止都止不住，我在这里半年了，每天都辛苦地干着，可老板从来没有把我当这里的人，到处贬低我，一股强烈的报复欲望在我脑海中萌发出来。

晚上，雨下的很大。此时，我又饿又冷，在工地打更的大爷那里等着雨晴回去。大爷得知我明天还要来，看我冻得有些发抖，便让我住在他那里，又让我和他一起吃了饭，好久没有这种温暖的感觉了，我止不住的哭了起来，大爷忙问我怎么了？我擦了擦眼泪，只说了一句"干活不顺心"，便再也不说啥。

我一直没有睡，半夜里悄悄起来，到了老板的临时工棚。那里装着这次工程的很多配件，折合起来也得有个几千元，我战战兢兢地拿出了打火机，想钻进工棚里……可就在这时，远处传来一声咳嗽，吓得我立刻蹲了下来，心狂跳不止，我再也没有勇气实施我的报复计划，迅速地跑回打更大爷屋里。

大爷正准备下床，见我进来，笑着说："孩子，起夜了。"我嗯了一声，"我也起一趟。"大爷懒洋洋地对我说。我的心这才放松下来，我知道那声咳嗽是大爷的，但没有引起他的怀疑。但那一夜我一直没睡，心一直在咚咚的跳着……

早上，我迷迷糊糊地醒来，大爷不在。我起身走到外面，突然看见大爷正在老板的临时工棚外转悠看着，那一刻，我明白了昨天晚上的一切……

许多年了，我已有了自己成功的事业，但这件事一直记在我的脑海里,每次想起来就觉得后怕。如果没有大爷的一声咳嗽制止了我的冲动,今天,我不会事业有成,也是那声咳嗽,让我懂得了人生有许多事需要冷静地处理,否则会后悔一辈子。

【摘自《渭南日报》2014年7月25日】

选 择

◎唐宝民

20世纪40年代初的德国,到处笼罩着战争的阴影。沃尔克是一个20多岁的德国女孩儿,在一家商店做店员。受战争的影响,德国食物短缺,很多家庭食不果腹,沃尔克也处于每天吃不饱饭的状态中,所以,她那时的最大梦想,就是能天天吃上3顿饱饭。

沃尔克做梦也没想到,她的这个愿望竟然在不久之后实现了!那是一个初春的早上,沃尔克正在商店里忙碌,老板叫人来找她,说老板那里有事,她急忙放下手中的工作,来到了老板的办公室。在那里,她看到除了老板之外,还有另外两个不认识的人,那两个人的表情十分严肃。老板让她坐下来,对她说:"这两位是党卫军的军官,鉴于你在工作中一向表现良好,而且聪明伶俐,所以,政府决定将你调往重要部门为政府工作,向你表示祝贺!"沃尔克对此毫无心理准备,被这个突如其来的机会惊呆了,她怯怯地问:"到政府部门工作?什么工作呢?"那两名军官依然一脸严肃,冷冷地说:"不要多问,到了那里你就知道了!"

沃尔克不敢再多问,只好跟着他们上了一辆车,那辆车七拐八拐,最后在一个戒备森严的地方停下来。沃尔克被带到一间房子里,做了简单的登记,然后又被带到一间屋子里,被告知这里就是她工作的地方。"那我的工作是什么呢?"她问带她来的那个人。那个人说:"一会儿你就知道了。在这里不要多问。"两个小时以后,晚饭时间到了,门被打开,一个军人走了进来,向后面的人挥了一下手,后面便又进来5个人,每个人手中都端着两盘菜。他们把菜放到沃尔克面前的桌子上,就退了出去。那个军人对沃尔克说:"现在,你开始吃饭,注意,每道菜都必须吃一些!"沃尔克不明白他为什么要这样吩咐,但也不敢多问,便拿起叉子,一道菜一道菜地吃了起来。菜很丰盛,有剥皮芦笋,有新鲜的甜椒,还佐以美味的意大利面条……沃尔克狠狠地饱餐一顿。从那天开始,沃尔克在那间屋子里所吃的每顿饭都特别丰盛。她每次都要按照吩咐把所有的菜都吃一遍;吃完了不能随便走动,只能待在屋子里,一个小时以后才可以在院落里自由活动。情况看起来不错,但她一直不知道自己的工作是什么,这个谜一直到一个月以后才被解开。那天,她去卫生间时,在那里遇到了一个和她同样年龄的女孩,那个女孩比她来得早,她问那个女孩:"我们到底做什么工作啊?"那个女孩说:"我们的工作就是试毒,我们吃的那些菜,是给元首做的,但要由我们先吃,我们吃过一个小时以后,如果没有中毒,才能送给元首吃……"沃尔克听后大惊失色,她不禁有些后怕,如果那些菜真的有毒,自己不就死于非命了吗?从那以后,每到吃饭时间,那些菜被端上来时,沃尔克都特别害怕,担心哪道菜真的被下了毒,自己也就命归西天了。因此,她每天都生活在恐惧中,战战兢兢度日。这种生活一直持续了两年多,1945年春天,苏联红军包围了柏林,在红军即将到达之际,一位好心的中尉帮助沃尔克逃离了她"工作"的地方,这救了她的命。沃尔克在接下来的日子里历尽磨难,直至1946年,她与曾在战争中失踪的丈夫重逢,才找回一些生的希望。

虽然捡回了一条命,但沃尔克却背上了一个沉重的包袱:她认为自己曾经为希特勒服务过,所以是有罪的。战争结束后,德国开始清算纳粹的罪行。那段时间,沃尔克心中特别不安,她想站出来承认自己的错误,却没有勇气;想一直隐瞒下去,又感觉心中有愧。就在这样的状态下,她活过了半个多世纪。2013年3月的一天,沃尔克读到了一则新闻,新闻的主角是一个老人,那个老人年轻时曾做过一件坏事,但一直没被别人发现。到了晚年,他越发感觉到良心不安,就到警察局自首了。当记者采访已在看守所中的老人时,他说:"我现在感觉自由了!是精神上的自由!"这则新闻对沃尔克的刺激非常大,她做出决定,要在有生之年,把自己曾为纳粹元首服务的事公之于众,哪怕受到惩罚也要讲出真相。于是,她找到了警察局,向警察讲出了自己年轻时的那段经历,并表示自己愿意承担法律上的责任。警察了解了事情的经过后,感觉这个案子太复杂,就留下了联系方式,让她回家了。两天后,警察局把这个案子报告给上级部门,上级部门专门召开了一次会议进行讨论,给出的意见是:"这位老妇人虽然当初为希特勒服务过,但她是被迫的,而且她自己也处于极度危险中,她本人也是受害者,性质有别于那些公开为希特勒效忠的人,所以,她是无罪的!"当警察把结论告知沃尔克时,她激动地哭了。

在95岁高龄时,在人生即将走到最后时刻之际,沃尔克选择勇敢地站出来,公开自己的"罪行",说出真相,承担应承担的责任,这不仅仅展示了一种勇气,更展示了一种人性的高度。而这种高度正是人类的希望所在!

【摘自《读者》2013第19期】

大山深处的土屋

◎周海亮

荒无人烟的大山深处隐藏着一个土屋,这个屋子存在了几十年了。屋子一年都不一定有人住上一次,然而,这父子俩每年都要修缮维护它。

这是为什么呢?屋子隐藏在大山深处,周围古木参天;屋子里有一张桌子、一把椅子、一张大床、一个灶台、一堆木柴、一床被褥、一盒火柴以及一把刀。

除了他们父子俩,从未有其他人进过这间屋子,当然更未动过这些东西。可是每个月,父亲仍会领他的儿子过来。擦擦桌子、擦擦椅子，晒一晒被褥和木柴，磨一磨刀，装走灶台上潮湿的火柴，并更换一盒新的干燥的火柴。

当在一切忙完，父亲就会领着儿子静静地离开，门上挂一把锁，却从来没不曾锁上。那锁是为了防止野兽们闯进土屋的，它对任何人都设防。

父子俩居住在另一座大山的山脚，距这间土屋大约50多里。从家来到土屋，再从土屋回到家，需要整整三天。

离开家走不远就没有路了，三天的时间里，父子俩几乎都是密林中穿行。尽管世界上可能不会再有人比他们更熟悉这一带的山地。可是他们还是经常会在途中迷路，这绝对是算得上是一次遥远的、艰苦的、危险的跋涉。

父亲以前靠打猎为生，后来不让打猎，就在山脚下开了几亩荒地，闲暇时再上山采些草药，日子倒也过得安逸舒适。

儿子第一次跟随父亲来到土屋只有五岁。现在，他已经十五岁了，父亲仍然坚持着自己怪异的举动。整整十年，一百二十个月。父亲和他在家和土屋之间整整往返了一百二十次。一百二十次或许并不算多，可这是一百二十次毫无意义的举动。每一次，儿子都会心怀不满，然后疲惫不堪。问父亲原因，父亲总是笑笑：到时候，自然会让你知道。

终于，那一次当他们推开木屋，父亲惊奇地发现屋子里竟有了住过人的迹象：灶台边的木柴少了，火柴被划过，椅子被挪动过，被褥尽管叠放整齐，却不是他们上次离开时的样子。而且，那把小刀也不见啦。

父亲开心地笑了，他对儿子说，这就是我们十年来一直坚持的理由。

儿子有些不懂。父亲说，很明显，有人在这里住过至少一夜，他虽然离开，不过，这间土屋却帮他度过了最难、最危险的夜晚，甚至可能挽救了他的性命。

儿子问，难道我们每个月往返一次，每次用去三天时间行走一百多里，并在这个土屋里边准备这么多东西，就是为了等这个人么？

父亲说，是的。我们等待的虽然不一定就是这个人，但我们等来的无疑是来到这间土屋并需要帮助的一个人。我们不过每个月来这里一次,却将一个人的生命挽救了,难道这不值得么?

"可是,万一这个人没来呢?""那我们就把这件事情坚持做下去。""如果永远不会有人来呢?""那就永远坚持做下去。""可是这样做有意义么?"

"当然有意义。"父亲说,"你知道吗?在你来到这个土屋以前,我已经一个人在家和土屋之间往返了十年。就是说,其实我们并不是用十年的时间才等来第一位需要帮助的人,而是用了二十年。"

"你是说这土屋是你垒起来的?""不是,我只是修了修而已。这土屋是一位老人垒起来的。他垒这个土屋和我们每月来这里一次的目的完全一样。那就是帮助一位未曾谋面,却是需要真正帮助的路人。

他的家住在屋的另一侧,每个月都会从家来到这里。他也用了整整二十年的时间才等来第一位需要帮助的人。那个人在山里迷了路,他筋疲力尽,急需一把木柴。"

"那个人是谁?"儿子好奇地追问。"我。"父亲淡淡地说。

几年后,父亲老去,不能翻越山岭再次来到这个土屋,不过每个月,土屋里还会有一个人来。他在土屋里擦一擦桌子和椅子。晒一晒被褥和木柴,磨一磨刀,换走灶台上的火柴。然后离开,一个人回家。

一切只为了明天或者后天,或者明年的某一天,或者后年的某一天或者二十年后的某一天,或者永远都不会到来的某一位路人。

【摘自《在痛苦深处微笑》】

两盒火柴的温暖

◎顾晓蕊

她曾怀揣几多憧憬,在心中许下宏愿——像蚂蚁一样工作,更要像蝴蝶一样生活。然而,现实总比理想沉重,不如意的事时有发生。那天,她因一些琐事,跟同事发生了争吵,羞愤、悲伤、迷茫……心情坏到了极点。她扭身冲进暮色里,搭车前往城西母亲家。

见她回来,母亲脸上闪过一丝惊喜,随后从厨房端出做好的饭菜。望着闷声吃饭的她,母亲劝道:"别急,慢点吃。只要你身体好好的,妈妈心里就高兴。说起来,还得感谢那位老中医。"母亲念叨多次的一件往事,如电影般在她的眼前回放。

冬日的阳光透过窗格洒在床单上,一朵挨着一朵,开成灿灿的一片。牡丹图案的棉被下,两岁多的她睡得正香。母亲做好早饭后,撩起门帘进屋,给她穿好衣服,让她站在床沿。意想不到的事情发生了,昨天还满地乱跑的她,两条腿绵软无力,竟然无法站立。

母亲慌了神,抱起她就往村卫生所跑。医生敲敲她的腿,挠挠她的脚心,没有任何反应,就赶紧对母亲说:"孩子患的是脊髓灰质炎,这里治不好,快带孩子到县医院,找一位姓刘的老中医,他专门治这种病。"听了这话,母亲急得直抹眼泪。

县医院离村里几十里路,母亲将她揽进怀里,急匆匆往县医院赶去。母亲带着她来到县城,找到县医院的刘中医。经过进一步诊断,刘中医对焦急的母亲说:"孩子的病发现得早,可以进行针灸治疗,隔一天来一次,20天左右即可痊愈。"

得知医疗费需20元时,母亲犯了愁,说:"我只有12块钱,孩子的病你先治着,其余的我再想办法,你看行不?"老中医和气地说:"行啊,下次让孩子她爸带着来,这么大老远的,来一趟不容易。"母亲说:"她爸在部队。"老中医听了,说:"看你也挺难的,剩下的钱就免了吧。"

"这怎么行,这怎么行……"母亲不安地说,"要不,我送你两盒火柴,你抽烟用得着。"在那个贫困的年代,火柴两分钱一盒,但因限量供应,很难买得到。老中医正给孩子做针灸,随口应道:"记得按约定时间,带孩子来做治疗。"

母亲坚持带她去做针灸,半个月后,她的腿完全康复了,又能蹦蹦跳跳了,母亲悬着的心落了地。母亲将家里的布票、糖票跟左邻右舍换成火柴票,跑了好几家供销点,终于买到了两盒火柴。

母亲把火柴揣在兜里,带着她又一次来到县城。没见到老中医,屋内有位年轻人,是老中医的儿子,他说父亲上山采中药了。母亲要把火柴留下,年轻人坚决不肯收,说:"我父亲有气管炎,已戒烟多年。火柴是稀缺品,你带回家用吧。"母亲怔住了,眼泪流了下来。

"幸亏治疗及时,你的腿没落下后遗症。孩子,你遇到了好人,要懂得感恩啊。"母亲的话如一缕轻柔的风,吹散了她心中的乌云。健康地活着就是最大的幸福,如果事事锱铢必较,就显得浅薄可笑。此后,她用善良和感恩的心对人对事,渐渐走出了心情的低谷,生活变得宁静而安然。

她觉得还应当去做些什么,于是,在一次助学活动中,认识了家境贫寒的范小荷。小荷的腿行走不便,从没走出过山村,她瘦小的身影,看上去是那么孤单。她不断给小荷写信,用文字去贴近另一颗心。她只想让小荷知道,在这个世界的某个角落,有人在关心着她,祝福着她。

小荷生日那天,她特意带着蛋糕和礼物,坐车前往乡村。小荷打开礼物时,眼睛猛地亮了一下——那是她亲手织的粉红围巾。小荷戴上围巾,给了她一个结实的拥抱,轻声说:"阿姨,您放心吧,我会活得漂漂亮亮的。"看到小荷灿烂的笑脸,她的心里满是欢喜。

曾经有一位老人,用很小的善改变了她的人生,让她的生活充满阳光。如今,她终于可以用另一种方式,去回报他的爱。想到这里,一团火苗在她的心底跳跃着。她知道,那是两盒火柴的温暖。对她,则是一辈子的感念。

【作者平顶山新闻网】

幸福在哪里

　　我们所说的信仰,是世俗层面的信仰,而非宗教意义上的信仰。这信仰翻译成一个字,那就是爱。一旦生活中有了爱,幸福便有了栖息之所,一旦我们将责任赋予爱,幸福就有了强大的根系,以维持生命的丰盈和张力。那么幸福在哪里?幸福的根源在于珍惜当下,在于重返天真、浪漫付出、共同梦想实现的那一天。

幸福在哪里

◎ 白岩松

一

走在人群中,我习惯看一看周围人的手腕,那里似乎藏着一个属于当代中国人的内心秘密。越来越多的人,不分男女,会戴上一个手串,这其中,不乏有人仅仅是为了装饰;更多的却带有祈福与安心的意味,这手串停留在装饰与信仰之间,或左或右。这其中,是一种怎样的相信或怎样的一种抚慰?又或者,来自内心怎样的一种焦虑或不安?

二

2006年的最后一天,我去301医院看望季羡林先生。到达时是上午,而很早就起床的季老,已经在桌前工作了很久,他在做的事情是:修改早已出版的《佛教十五讲》。他说:"对这个问题,我似乎又明白了一些。"

"您信佛吗?"我问。

"如果说信,可能还不到;但我承认对佛教有亲近感,可能我们很多中国人都如此。"季老答。

我好奇的是:快速前行的中国人,现在和将来,拿什么抚慰内心?

季老给我讲了一个细节。有一天,一位领导人来看他,聊的也是有关内心的问题,来者问季老:主义和宗教,哪一个先在人群中消失?

面对这位大领导,季老没有犹豫:假如人们一天解决不了对死亡的恐惧,怕还是主义先消失吧,也许早一天。

三

又一天,翻阅与梁漱溟先生有关的一本书《这个世界会好吗》，翻到后记，梁先生的一段话，突然让我心动。

梁老认为，人类面临有三大问题，顺序错不得。

先要解决人和物之间的问题，接下来要解决人和人之间的问题，最后一定要解决人和自己内心之间的问题。

如果更深地去想，又何止是人生要面对这三个问题的挑战？

中国三十余年的改革，最初的二十多年，目标很物化，小康、温饱、翻两番，解决人与物之间的问题，是生存的需求；而每一个个体，也把幸福寄托到物化的未来身上。

这些物化的目标陆续实现，但中国人也逐渐发现，幸福并没有伴随着物质如约而来，整个人群中，充满着抱怨之声，官高的抱怨，位卑的抱怨，穷的抱怨，富的也抱怨，人们似乎更加焦虑，而且不知因何而存在的不安全感，像传染病，交叉感染。上面不安，怕下面闹事；下面也不安，怕上面总闹些大事，不顾小民感受；富人不安，怕财富有一天就不算数了；穷人也不安，自己与孩子的境遇会改变吗？就在这抱怨、焦虑和不安之中，幸福，终于成了一个大问题。

这个时候，和谐社会的目标提了出来，其实，这是想解决人与人之间的问题，力图让人们更靠近幸福的举动。不过，就在为此而努力的同时，一个更大的挑战随之而来。

在一个十三亿人的国度里，我们该如何解决与自己内心之间的问题？我们人群中的核心价值观到底是什么？精神家园在哪里？我们的信仰是什么？

都信人民币吗？

我们的痛苦与焦虑，社会上的乱像与功利，是不是都与此有关？

而我们除了幸福似乎什么都有，是不是也与此有关？

幸福，成了眼下最大问题的同时，也成了未来最重要的目标。

可是，幸福在哪里？

四

有人说，十三亿中国人当中，有一亿多人把各种宗教当做自己的信仰,比如选择佛教、天主教、基督教或伊斯兰教,还有一亿多人,说他们信仰共产主义,再然后,就没了。也就是说,近十一亿中国人没有任何信仰。

但中国人一直又不缺乏信仰。不管有文化没文化,我们的信仰一直藏在杂糅后的中国文化里,藏在爷爷奶奶讲给我们的故事里,藏在唐诗和宋词之中,也藏在人们日常的行为礼仪之中。于是,中国人曾经敬畏自然,追求天人合一,尊重教育,懂得适可而止。

从五四运动到文化大革命,所有这一切被摧毁得荡然无存,我们也终于成了一群再没有信仰的孩子。这个时候,改革拉开了大幕,欲望如期而至,改变了我们的生活,也在没有信仰的心灵空地放肆地奔腾。

于是,那些我们听说和没听说过的各种怪异的事情,也就天天在我们身边上演,我们每一个人,是制造者,却也同时,是这种痛苦的承受者。

幸福怎么会在这个时候来到我们的身边呢?

五

古人聪明,把很多的提醒早变成文字,放在那儿等你,甚至怕你不看,就更简单地把提醒放在汉字本身,拆开"盲"这个字,就是"目"和"亡",是眼睛死了,所以看不见,这样一想,拆开"忙"这个字,莫非是心死了?可是,眼下的中国人都忙,为利,为名。所以,我已不太敢说"忙",因为,心一旦死了,奔波又有何意义?

对此,一位老人说得好:人生的终点都一样,谁都躲不开,慢,都觉得快,可中国人怎么显得那么着急地往终点跑?

【摘自长江文艺出版社《幸福了吗》】

扫土记

◎鲍尔吉·原野

克孜勒是俄联邦图瓦共和国的首都，人口只有几万人。市中心是广场。周围有列宁像、总统府和歌剧院。中央立一幢亭子，赭红描金，置一个大转经桶，高过人，两米宽。克孜勒的市民清早过来转转经桶，这是个全民信仰喇嘛教的国家。

人们说，转经桶里装粮食，有谷子、高粱、麦子、玉米和黑豆。

我到时，转经的人走了，该上班了。一位老汉坐亭子台阶上，手拿马鬃小刷子和一个蓝布袋。他拂扫经桶地上的浮土，归小堆，捧进袋里。

我看，亭子地面已经很干净。过一会儿，老汉又去扫土。他可能在这里保洁。不过，这个刷子太小了，只有两个牙刷那么大，手柄好，象牙做的。

待我要走时，老汉先走了。他把蓝布袋和小刷子揣怀里，背着手，身态蹒跚。袋里的土也就二两多。

我上前，请教老汉在做什么。

老汉目光转过来，清澈，说婴儿的眼睛也可以，只是眼窝的皱纹证明他老了。

我们勉强对话，用蒙古语。他懂一点蒙古语，会藏语。我主要使用肢体语言。一番交流得知，他不在这里搞卫生，把土收藏回家。

为什么收藏转经人鞋上的土呢？

他比划：家不远。明天在这里见面，邀我去他家。

他家里有什么？

有花。他比划高矮的花儿，花朵有鸡蛋那么大、香瓜那么大。

噢,他用这些土栽花儿。四方人脚下的土栽出不平凡的花儿。

次日此时,我等老汉,没等到,欲归。一个小孩从广场西边飞跑过来,拽我衣裳。怎么回事?他手指我左胸的成吉思汗像。这件T恤是纪念蒙古帝国(1206～2006)诞生800年的纪念,海中雄送。我明白了,小孩是老汉派来的,成吉思汗像是标识。

我随小孩来到一处平房人家。老汉门口迎接,他在家为我做酸奶。院子里,我看到忍冬细长的红花、鸡矢藤、蓝色的桔梗花,还有层层叠叠的虞美人。

可是,这不会是用扫来的土栽的花吧?我意思说,这么大一个院子的土,扫不来。扫来的土应该在盆里。

我比划——盆。

老汉——没有盆,只有土地。

我——花,长在盆里。

老汉——你喝酸奶。

我喝酸奶,不加蔗糖的酸奶开胃生津。我忍不住起身模仿他扫土、转经桶、布袋子。

老汉恍然,领我进入一个小屋。墙上挂布达拉宫的绒织壁画。老汉小心揭开壁橱的布幔,一排小佛像。

它们用扫来的土烧成。

老汉用手语表示,这些佛像将放到各地的庙里。他送我一尊,嘱我放在中国的寺院。花和转经桶边的土,原是两回事。

回国,我心中有一点点未解,以脚下土制佛像,有些不尊敬吧?一天,逢机缘请教一位大德。

他说:"好。佛向八方去,人自四面来。土最卑下,脚下的土更卑微。人的心念就在脚下,土带着各种人的心念,如今烧成佛像,土和心都安静了。甘于卑下,正是佛教的真义。"

这尊佛宁静微笑,如有沉浸无上欢喜之中;并无卑下,只有浑朴。我把佛像留在了这个庙里。

【摘自《民族文学》2011年第4期】

来自天堂的光

◎琴 台

他出生在一个贫穷而卑微的家庭。小时候,大多时间和爷爷在一起。

父母去田间劳作,爷爷和他在家中,打扫院子,分猪草,喂鸡仔,烧菜做饭洗衣服。很多时候,看着爷爷那么熟练地在简陋院子里自如地穿行,他会不相信,爷爷是个盲人。

但是,爷爷确实是看不见的。那天,他跟随父母去了附近的集镇,再回来时,竟发现爷爷满身的污秽。不知是谁,将牛的粪便泼到了他的身上。

爸爸含泪给爷爷清洗身体,他则愤怒地在院子里转来转去。

爷爷什么都没说,他的面容忧伤而又沉静,就像一块隐忍的石头。这样的屈辱,这个老人,似乎已经习惯了。但是,午夜时分,当他在睡梦中醒来,明亮的月光下,却愕然看到两行清泪,正在爷爷黧黑的面孔上滑下来。

白月光那样白,午夜风那样凉,他屏住呼吸死死咬住被角,爷爷的悲伤好像一根针,锐利地扎到了他的心上。

从此,他再也不肯让爷爷单独出门。而爷爷,似乎也习惯了将全部生活只局限在小小的庭院里。稍大一点,他知道了更多,不仅是爷爷,附近村子里的所有盲人,不到万不得已,都不会在阳光下迈出自己的院子。

他这才知道,在当地人的信仰里,盲人是因为前世造孽而在今世受到神的惩罚,恶灵驻进了他们的身体,夺走了光明。因此,盲人象征了厄运。他更震惊地知道,在自己出生之前,妈妈曾生下过一个双目失明的婴儿,但是,他们没有让他活下来。按照当地的习俗,父母溺毙了那个刚刚出生的婴儿,不是太过狠心,而是不忍心让这个先天失明的孩子,在冷漠和敌视中丧失做人的尊严。

知道这一切,他满心都是说不出的愤怒和压抑。他的眼前,又浮现出爷爷在春日的阳光下,轻手轻脚捧起一只小鸡仔时的温柔。那么善良和蔼的爷爷,他的身体里怎么会停驻恶灵?!他开始广泛涉猎和盲人有关的书籍,渐渐地,他发现,关于恶灵进驻盲人身体的传说,纯属无稽之谈。

这个世界的太多地方,都有不同原因致盲的人。但是,异乡的人们不认为双目失明的人是因为前世做错过什么,相反,他们更关爱那些看不见光明的人,因为,是他们的失明,让健康的人知道了感恩和珍惜自己的拥有。

他开始更加努力的学习,期待能用自己的力量,带爷爷离开愚昧的家乡,去更光明更美丽的异乡。

可是,来不及了,十一岁的夏天,妈妈流着泪到学校找他。

爷爷不行了。

他几乎是飞回了家中。低矮的房间中,爷爷衰弱地躺在那里,好像一段瘦骨嶙峋的树桩。听到他的声音,爷爷颤抖着探出手,深情地摩挲着他的额头、眼睛、脸颊:亲爱的孩子,我会在地下为你祝福。

他嚎啕大哭,爷爷的手,留恋地抓住他的小手,干涸的眼睛里,再次挂下两行清泪。然后,一歪头,去了。

爷爷永远不可能跟随他去更美好的地方。这样的遗憾,好像一把刀,横亘在他的心上。

而让他更悲痛欲绝的是,爷爷的死,不是因为疾病。他想念孙子,想去学校看他,路上跌到了一处壕沟里。本来周围好多人都看见了,可是他们,谁都没有提醒那个可怜的老人——前面危险。

从此,他变成了一个异常沉默的男孩儿,学习刻苦,成绩优秀。十五岁那年,他离开家乡到外地求学,一年后,这个男孩儿带着一个大大的包裹回来了。

几天后,艳阳高照,村子里有一个大型盛会,人们正在兴高采烈地庆祝。远远地，忽然看到了一列奇怪的队伍。所有藏匿在家中的盲人，突然一起走出了家门。煦暖的微风中，他们手挽着手，大踏步地走在崎岖的小路上，轻盈地绕过那些沟沟坎坎。金色的阳光洒下来，他们的眼睛上，一副副漂亮的眼镜闪出瑰丽的光芒。

所有人都惊呆了，这时，那个已经长大的男孩儿出现在队伍后面。他镇定地看着愕然的村民，大声宣布，恶灵的诅咒已经彻底解除，黑暗再也无法阻挡盲人的路，从今天开始，这些盲人，能够凭借这副眼镜，看见来自天堂的光。

这个村镇的盲人终于等来了久违的尊重和关爱。星垂大地的深夜，男孩儿一个人来到爷爷的墓前，含泪拿出一副眼镜，轻轻放到了墓碑上。爷爷虽然感受不到天堂的光了，但如果他地下有知，应该欣慰，孙子终于实现了他的夙愿，那就是让所有盲人都像正常人一样快乐开心的生活。

这个男孩儿，叫阿希莱什，印度人，2010年，他研发创造出了世界上首款导盲墨镜，可以通过红外线感知路障，并能够根据声音的大小来判断路障的远近。

这是来自天堂的光。也是一个男孩儿心中爱和缅怀的光。

【摘自《青年博览》2010年第19期】

流浪汉与我的大学

◎陈倩儿

一个人逛书店的时候，我常常想起我的朋友老崇。他比我年长5岁，戴一副黑框眼镜，最大的爱好是逛书店。

如果不走近他身边，闻到那股垃圾桶般的味道，你很难发现，老崇其实是个流浪汉。

在我的母校复旦大学，他一度还颇有名气。身高一米八几的老崇成天手提几个塑料袋,在校园里穿梭,见着瓶子或报纸就拾起来。

撞上老崇的时候,我还是个本科生。纪录片课的老师要求我们去拍个片子,我脑中马上出现了老崇的样子。

连续好几天,我扛着摄像机在校园里寻找老崇。但当我根据保安的提示找到他时,却紧张得吐不出一个字来。

对我这个突然闯入的陌生人,老崇倒显得非常轻松。他完全不能理解我为什么对他感兴趣,但还是爽快地答应了拍摄要求。甚至,当我累的时候,他主动要求帮我拿摄像机。

不瞒你说,我在心里挣扎了好一会儿,才将机器递了过去。老崇没有像我隐隐担心的那样,一拿到机器撒腿就跑。相反,他有一句没一句地跟我聊起天来。

我开始尝试以平和的姿态去接近老崇,渐渐发现,外界对这个男人的传言并不真实。

在山东老家的农村,老崇一直读到高中毕业。可家境困难,他最终选择外出打工谋生。2004年,22岁的他只身来到上海,在好几家小餐馆做过配菜工,后来听了老乡建议,开始"捡瓶子"。

"捡瓶子"一度是收入不错的行当,但老崇坚持只在大学校园里捡。他有那么一点心高气傲,感觉在外边拾荒过于丢人。并且,在"工作"以外,他还希望过上"大学生活"。

他常常去旁听复旦的一些公开课,最喜欢历史系的课,葛剑雄、樊树志先生的课他都听过。

我开始每隔几天就扛着摄像机去跟拍老崇。拍累了,两人就随意席地而坐,东南西北地胡扯。

我看老崇的视角,越来越平。尽管他还是浑身酸臭味。

有时,我甚至是仰视他的。

一次,我与老崇并排坐在草坪上,摄像机随意架在不远处。聊到兴之所至,老崇突然大声吟起诗来:"人生本来一场空,何必忙西又忙东。千秋功业无非梦,一觉醒来大话中。"吟诗的时候,他潇洒,爽朗。直到今天,我依然对那一幕印象深刻。

入夜以后，老祟就走进复旦南区的露天体育馆，跳进一个凹槽里睡上一觉。在那儿，他曾经养了一只出生不久的流浪猫，每天喂它吃喝。小猫后来长大了，不知所终。拍完纪录片，又过了半年，老祟的手机再也打不通了。

毕业后，我转而攻读社会工作的硕士研究生，并在一个服务弱势群体的民间机构实习。我曾经亲眼看见，在一个废弃的停车场里，几个流浪汉分工合作，洗菜生火，轮流做晚餐。一碟青菜，几杯劣质白酒，几个人聊得天高地阔。而在一个破旧的简易棚屋前，一位老人就着月色，拉起自己心爱的二胡，余音悠悠，环绕陋室。

置身于这样的画面中，我总会想起老祟，想起在那个阳光和煦的早上，老祟伏在课桌上，在一本破烂的本子上安静地写着自己的日记。透过教室的玻璃窗看去，他与复旦学生并无两样。

那部记录他的片子，我最终取名为《我的大学》。

【摘自《视野》2013年第4期】

等待美丽

◎包利民

在家乡城市的大街上，一个陌生的女子忽然站在面前，仔细地看着我，然后惊喜地叫了一声："哥哥！"我一时茫然，翻遍记忆，也没有这个女子的印象。她笑着说："哥哥，你不记得当年村里的小瑛瑛了？"

心中尘雾散尽，我看到了遥远的岁月。那时的小瑛瑛是一个很不招人喜欢的孩子，她长得极黑瘦，枯黄的头发，常挂着两条鼻涕。没人愿意和她在一起玩儿，也常有孩子欺负她。她常常自己在村外的草甸里，不知有什么在吸引着她。有一次我在甸里打鸟，见小瑛瑛蹲在不远处的小水塘边，正专注地看着什么。走过去,发现她正凝视着一条极大的虫子,那条虫子灰褐色,极丑陋可怖,她却看得入了迷。问她,她说:"我在等着它变成蝴蝶!"

那一年小瑛瑛8岁。知道了她喜欢虫子后,那些孩子都嘲笑她,说她丑孩子玩丑虫子。快秋天的时候,遇见她,她很高兴地说:"哥哥,那个虫子真变成蝴蝶了,全身是花的蝴蝶!"我没有理会她。第二年春天的时候,我家就搬进了县城,这么多年过去,故乡人事漫漶,当年那个小小的丑女孩,早湮没于时光深处。

而此刻面前的小瑛瑛,早脱尽了童年的模样,很有些风采照人。她告诉我,她在家乡的村子弄了个野菜和花卉基地,生意很红火。心下很是感叹,当年的那个没人理睬的孩子,竟然有了这样天翻地覆的变化。她还给我讲了一件事,她弄的花棚里,开着许多鲜艳的花。村里一个小小的女孩每天都要来看,很是喜欢那些花。有一天,她逗那个女孩:"我送你一盆花,不过你不能拿回去,因为你还不会养,就放在花棚里,不过却是你的了!"女孩很兴奋,她便指了一盆全是绿叶还没有结蕾的花儿给女孩,那盆花在花海环绕中,是那么不起眼,不过女孩眼中并没有失望,她高兴地道了谢,仔细地看着属于自己的那盆花。

此后的好些天,小女孩也没有再来,小瑛瑛想可能是她失望了,或许生气了吧?快一个月后,小女孩才再次走进花棚,直奔自己的那盆花而去,那盆花,已经开满了美丽的花朵。小女孩说:"我强忍着在家里等了一个月,想着它现在该开花了!"

小瑛瑛说:"我就想起自己小时候,在甸子上等着一只虫子变蝴蝶的事。那小姑娘也很聪明,知道等着花开。想想看,时间真是神奇!"

时间真是神奇,它能把一份丑的变成美好,可是又有多少人愿意去等待?时间不会辜负一颗等待的心,就像春天不会辜负泥土中种子的努力,就像彩翅不会辜负一条丑陋虫子的挣扎,就像沙粒不会辜负一只蚌的包容,总会献上一份美好,在等待过后。而等待本身也是一种努力,一种蜕变,那些艰难的黯淡的,或许只是美丽绽放的一个过程,我们却常常把它们当作终结,从而丧失了希望的心。

没有一种生活不会美丽地绽放,而绽放总是需要时间的呵护。有时候我们觉得生活平淡无味,只是自己倦了等待的心。只要心里充盈着暖暖的希望,那么每一天的流逝都向着憧憬迈近一步,梦想中的种种,也在远方等着我们,等着我们与它美丽辉映,只要我们不要停下脚步。

所以,等待美丽有时是我们唯一能做的事,而等待美丽的过程,也是一种美丽。

【摘自《做人与处世》2013年8月下】

书籍是空气

◎尤 今

书对我而言,犹如空气。它无处不在,无时不有,而我,时时刻刻都需要它。

自童年开始,我便明白,肚子饿了,找食物吃;眼睛饿了,找书看。我的双眸,时时都处在饥饿的状态中,只要一书在手,我便如蚁附膻,既有"蚕吞桑叶"的快乐,亦有"蜂儿采蜜"的满足。

略识之无,我便发现,屋子里的每一寸空隙,都飘浮着一缕一缕的书香。视线所及之处,有书;视线不及之处,亦有书。高高低低地叠着、密密麻麻地堆着;疏疏地散放着、齐齐地排列着。书和屋子,你依我依地化成了一个圆满的整体。在那如饥似渴地从书籍汲取营养的童稚时代,我们的物质生活是捉襟见肘的。书却为我营造了一个金光灿烂的世界。

父亲总是买书,不是一册册地买,而是一摞摞地买,当他把书提进门时,忙家务的母亲总是很快地把湿漉漉的手抹干了,把那一摞书当成瑰宝一样,小心翼翼地捧过来,欢天喜地地拆看。

万籁俱寂时,母亲在荧荧灯火下执卷而读的样子,真是美丽。微鬈的睫毛静静地在眸子下方印着扇形的影子,脸上浮着一抹蜻蜓点水式的、若有若无的笑意。

她低头看书。我仰头看她。她快乐地沉浸在文字那个神秘莫测的世界里,而我,向往那个世界。于是,跌跌撞撞地闯了进去。最初,一知半解,等一进入情况,便痴痴地迷上了,书,自此成了生命中不可分割的一部分。

成家之后,整间屋子氤氤氲氲都是书香。我站着读、坐着读,躺着也读。我读书的时候,孩子也人手一册地读。一家大小静静地、齐齐地读书的那种感觉,美好到了极致,幸福到了极点。

站在浩如烟海的书籍中,突然想起青少年时代的一件往事。那时,零用钱有限,想买书,只能将钱一点一滴地储存起来,存够了,才得以一偿夙愿,那一回,看中了赛珍珠的译著《大地》,翻来覆去地看,爱不释手,可是,没有钱买。一连两三周,上书局时,总先去看看那部小说还在不在,如果还在,便抽出来,用手轻轻摩挲一番,才恋恋不舍地放回去。后来,学校考试,忙着温习功课,没上书店。考完试后,钱也储够了,便风风火火地赶往书店。可是,那部朝思暮想的书没了。我觉得心里有一种说不清的疼痛,在书架旁晃来晃去,像个无主孤魂。

阅读,是一种多功能的活动,也是一种潜移默化的浸润活动。许多散文和小说,都不着痕迹地蕴藏着隽永可贵的价值观与人生观,它会在阅读的过程中,慢慢地流入读者的内心深处,那种影响力,是巨大而深远的。台湾漫画家蔡志忠说过:"要成为出色的漫画家,非得喜欢读书不可。画只是技巧,出色的漫画,出自无穷的想象。不读书,就表示没有好奇心,怎么可能画出精彩的漫画?"

实际上,阅读所能带来的脑力冲击,大得超乎想象。它足以将水面上的一个小涟漪化为滔天巨浪,从而创造出一个个奇迹。

阅读带来的大快乐,是任何其他的活动都难以相比的。当它让你哭时,那种感动,能够进入心坎很深的地方;当它让你笑时,那种快乐,像是融化在心上的一块糖。它时而像铁锹,在你心叶上挖出一个个痛楚的窟窿;时而像辣椒,辣得你汗如雨下却又拍案叫绝。有时,它像雷像电,狠狠地劈下来,将迷糊混沌的你震醒;有时,它又像云像雾,让你腾云驾雾、浑然忘却世间的一切烦恼。

我觉得自己最大的"成就"是:以书为种子,在孩子的心田里种下了一株快乐的树。这树,永不枯萎。

【摘自《思维与智慧·下旬刊》2012年第2期】

季节的缝隙

◎璎　宁

也许,在冬天的漫长日子里,你经常地择一个最合适的时刻到一座山上漫步。心中肯定是充满了希望和期盼的。树林冷漠,裸露着干枯的衣衫,风过,许多失落的叹息。很多裸着的地方,更是寂寞和荒凉。难以想象这儿曾长过无名的蒿草或是开过淡紫色的花儿,蜜蜂和蝴蝶在此飞恋着它们的前世。我们是那样的善于怀念,怀念那些绿油油闪光的日子,怀念那些惊喜。一次次地来,又一次次地失望而归,心情总是起伏难以平静。

季节总不会让我们那样地失望。在忽然的某日,你照样地来,在最合适的时刻。然而这一次与以往不同。土忽然的柔软起来,地面也潮湿了,有蠕动的虫卵。心情格外地欢喜起来,脚步也轻盈了,快步前行。树梢好像是在某一个瞬间就被染色了,虽然是极淡的绿。忽然一声"叮咚"飘过山涧,悠然的传入你的耳鼓,那般清脆,那般悦耳,又那般熟悉。那"叮咚"声像跳起来的音符,在春之弦上雀跃,蜕变成一首欢快的歌儿,尽情地在广漠的大地上徜徉,深情地去抚摸寂寞的沙石,亲吻干裂的河床。能流向哪里就流向哪里,去摇醒路旁被人忽视的小树,去催开蓓蕾的花儿。小树怎敢无礼,顶着几片亮晶晶绿油油的叶儿奔来,桃花披了粉色的秀衫,梨花披了洁白的裙纱,迎春花扛着黄色的喇叭,紫藤萝涨起了生命的帆……它们用最美的面孔来祝贺春的开业大典,可谓盛况空前。作为一个观者,你、我或我们都会被点燃起一种情愫。或扔掉包裹我们的沉重的衣衫,疯狂的奔跑或是站在山头大笑或大叫。或是卸下心灵的包袱,让思绪飞扬,飞扬出似水的短章,飞扬起湿润的诗行。

抛开商场的纷争,抛开利禄的诱惑,到一个地方去听山水的叮咚,观花儿轻轻地绽放,你忽然觉得,其实生活中有很多的东西对于我们并不是那么的重要,而有很多的东西对于我们其实很重要,譬如不能错过一个花期,错过一场情爱……

在匆匆的华年流转中,季节按部就班地转换着。秋的到来也有确切的时刻,只是忙碌的我们忘了去记住。在忽然的一天,空调和风扇都停止了转动,淡薄绚丽的裙子不能再在身上飘扬,也不能从容赤脚穿着鞋拖走在大街上。太阳不再灼热,像变了个脸儿,一下子温情起来,像一位温文尔雅的少妇。

阳光绕了蔷薇,蔷薇绕了篱笆,轻轻地把身子向外面试探我的脚步。从这个季节轻轻走过,还是试探飘忽的空气?蝉儿早已销声匿迹,只剩秋虫吹着别离的笙箫。

苹果红晕了、梨子脆甜了、桃子柔软了、石榴丰盈了。它们成群结队般相约排在商场的铺上,光是那自然的色泽和味道,足以让我们垂涎三尺,流连忘返。果子,是秋天的一个惊叹号。少了它秋天的句子没有力量,篇不成章,秋也少了韵。我们应该感激自然,爱护自然,而不是为了私利去践踏或是戕害。

黄黄的玉米呲着饱满的大牙相互拥抱在一根木桩上,这根木桩在农家的一个小院,被季季的玉米抱过。白白的棉花跑到了小院的房顶上,继续吻着太阳做梦。

这时,总是情不自禁地望望天空,天幕似乎被撒的很高很远。好像所有的宝石都飞到天上,纯洁和透明,定睛地看总能看清什么。那闲散的云朵,可是村妇纺纱随手撕扯的棉花,一不小心被风儿吹到了天上?柔软、轻盈、悠闲。看着它们悠然的荡着,心情和身体也轻飘了,疏松了,思绪也被染得飘逸起来,想化为云朵,随风飞扬。

当我一边用心打量着这些的时候,一阵风与我擦肩,片片的黄叶贴着我的眉梢我的唇边滑落,坠地随风。无奈夹杂叹息。没有什么会永远,生命也一样。树叶在完成了它们一季的使命以后,不得不别离而转化成另一种自然界的形式。春生,秋亡,这是注定的路;就像我们人,滋生于胎盘,消亡于老年,这也是注定的。

季节和生命一样,有着惊喜和快乐,有着晚唱和忧伤。我们在这个缝隙中,膨胀我们的生命,从青葱走向成熟。

在这个缝隙中,我们被爱情牵手,被亲情包裹,被友情扶持。我们为事业而拼搏,我们为理想而追求,我们为人生目标而执着。

缝隙的路上,印下我们蹒跚的脚印;缝隙的田野,游荡着我们不定的灵魂;缝隙的树梢,永远跳跃着我们爱的情语!

【摘自《小品文选刊·笑品》2013年第3期】

低　调

◎冯骥才

在媒体和网络的时代,一个人只有高调才会叫人看见、叫人知道、叫人关注。高调必须强势,不怕攻击,反过来愈被攻击愈受关注,愈成为一时舆论的主角,干出点什么都会热销;高调不仅风光,还带来名利双赢,所以有人选择高调。

但高调也会使人上瘾,高调的人往往离不开高调,像吸烟饮酒愈好愈降不下来,降下来就难受。可是媒体和网络都是一过性的,滚动式的,喜新厌旧的。任何人都很难总站在高音区里边,所以必须不断折腾、炒作、造势、生事,才能持续高调。

有人以为高调是一种成功,其实不然。高调只是这个时代的一种活法。当然,每个人都有权选择自己的活法,选择什么都无可厚非。

于是，另一些人就去选择另一种活法——低调。

这种人不喜欢一举一动都被人关注，一言一语也被人议论，不喜欢人前显贵，更不喜欢被"狗仔队"追逐，被粉丝死死纠缠与围困，被曝光曝得一丝不挂；他们明白在商品和消费的社会里，高调存在的代价是被商品化和被消费。这样，心甘情愿低调的人就没人认识，不为人所知，但他们反而能踏踏实实做自己喜欢的事，充分地享受和咀嚼日子，活得平心静气，安稳又踏实。你问他怎么这么低调，他会一笑而已；就像自己爱一个人，需要对别人说明吗？所以说：

低调为了生活在自己的世界里，高调为了生活在别人的世界里。

文化也是一样。也有高调的文化和低调的文化。

首先，商业文化就必须是高调的，只有高调才会热卖热销，低调谁知道谁去买？然而热销的东西不可能总热销，它迟早会被更新鲜更时髦的东西取代。所以说，时尚是商业文化的宠儿。在市场上最成功的是时尚商品。人说时尚是造势造出来的，里边大量五光十色的泡沫，但商品文化不怕泡沫，因为它只求当时的商业效应，一时的震撼与强势，不求持久的魅力。

故而，另一种追求持久生命魅力的纯文化很难在当今时代大红大紫，可是它也不会为大红大紫而放弃一己的追求。它甘于寂寞，因为它确信这种文化的价值与意义。

我很尊敬我的一些同行的作家。在市场称霸的社会中，恐怕作家是最沉得住气的一群人。他们平日不知躲在什么地方，很少伸头探脑，有时一两年不见，看似在人间蒸发了，却忽然把一本十几万或几十万字厚重的书拿了出来；他们笔尖触动的生活与人性之深，文字创造力之强，令人吃惊。待到人们去品读去议论，他们又不声不响扎到什么地方去了。唯其这样才能写出真正洞悉社会人生的作品来。

作家天生是低调的。他们生活在社会深深的皱折里，也生活在自己的心灵与性情里，所以看得见黑暗中的光线和阳光中的阴影,以及大地深处的疼点。他们天生不是做明星的材料,不会经营自己只会营造笔下的人物;任何思想者都是这样:把自己放在低调里,是为了让思想真正成为一种时代的高调。

　　享受一下低调吧——低调的宁静、踏实、深邃与隽永。低调不是被边缘被遗忘,更不是无能。相反只有自信才能做到低调和安于低调。

【摘自河北日报】

世界是用来探险的
◎蔡康永

　　你觉得《红楼梦》闷死人吗?

　　我到现在,都还是觉得《红楼梦》很闷,更不用说小时候了。

　　有人跟我说《红楼梦》里的王熙凤。对付人的手腕特别厉害。我都很困惑——王熙凤这样就很厉害吗?有比妈妈的那些朋友厉害吗?有比雪丽阿姨厉害吗?(雪丽阿姨把她的男人逼得穿内裤在街上过夜。)有比小陶妈妈厉害吗?(小陶妈妈试佣人的方法,是把钻戒满屋乱放。)大概因为家里常常有"很多王熙凤"进进出出的,我看《红楼梦》时,就觉得王熙凤"蛮正常"的嘛!

　　也有人跟我说《红楼梦》里的刘姥姥很好笑,我小时候也很纳闷——因为我们家洗衣服的欧巴桑,第一次看见抽水马桶,就很高兴地把衣服都丢进去又冲又洗,这个,好像比刘姥姥还厉害吧?

　　而整本《红楼梦》,除了王熙凤和刘姥姥之外。实在是没什么能吸引小孩子的人物了。

　　有一次,我被小说家白先勇先生找去,帮着改编他的《谪仙记》的电影剧本。改着改着,他开始讲另一个他想写的故事。是有关一对学昆曲的青梅竹马小伶人,他越讲越起劲,讲到这对璧人扮演昆曲《长生殿》的场面,索性站起来演给我看。

白先生比画着唱了两句,发现我没什么反应,停下来,看着我:"咦?你不喜欢《长生殿》呀?"他问我。

"不喜欢。"我老实回答,"唐明皇一个做皇帝的人。跟个杨贵妃一起咿咿呀呀地翘着小指头跳扇子舞,不喜欢。"

"哎呀!"白先勇先生顿了一下脚,痛惜他的对牛弹琴。

他不死心,想救我:"那你喜欢昆曲《游园惊梦》吧?"白先生问。

"也不喜欢。"我老实回答。"主角演睡觉,观众也睡觉。"

"唉呀呀!"白先勇先生连顿两下脚,痛惜他的海参被我当成发胖的水蛭。

他有唐三藏的心,他还是不放弃,还是要救我:"那你总喜欢《红楼梦》吧?!"他抱着最后一丝希望。

"不喜欢。他们老是在吃饭。"我答。

"哎呀!哎呀!哎呀!"他把脚重重顿了三记,唐三藏亲眼目睹了我这个猪八戒,活活乱吞他的人参果。

白先勇放弃了。

大概《红楼梦》已经到他的"底限"了。

"怎么可以不喜欢《红楼梦》……"他扶着额头,喃喃自语。

读中文的小孩子,喜欢《西游记》的,一定比喜欢《红楼梦》的多,这是没有办法的事——《西游记》都是动物要吃人肉,《红楼梦》都是人吃动物的肉。爱造反的小孩,当然都是喜欢《西游记》。

可是比起《西游记》,我更喜欢《三国演义》。

《西游记》里,有至高至尊的力量,不可违抗。这实在扫兴。

小孩子没什么形而上的思考,小孩子是本能的相信:世界是用来探险的,规矩是用来违背的,手洗干净是用来再弄脏的。

一旦让小孩发现——这一切的历险、违背、弄脏,都只是为了服务一个最高的意志、服从一个最高的命令,一定会觉得很窝囊!

我看《西游记》,看到结尾猪八戒竟然受封为什么狗屁元帅时,"嗤"一声把书丢到一边:这些家伙,真没出息!

小孩没什么智慧,凭的只是意志,是一股气。

对小时候的我来说,三国英雄争夺天下。是大大有气的。唐僧师徒呢?太像干"保镖"的了吧!

【摘自《润·文摘》2012年第7期】

棉花里的父亲

◎章中林

回家的时候,大门紧锁着,只有那条癞皮狗还在门前吐着舌头。我左右喊了几声,没有人应声,这人都去哪儿了呢?他们应该知道我回来呀,突然看到场院里如雪的棉花。是捡棉花去了?赶到大叔家一问,他说父亲去前山捡花去了。

我放下行李,扑向棉花地。正午的太阳火辣辣的,晒在身上毛毛刺刺的,像是有虫子在爬,十分不自在,还没走几步就汗流浃背了。空旷的田野里没有风,也没有一个人影。是啊,这样的毒日,谁不愿意窝在家里,躺在电扇下面?可是,父亲?不知说过多少回:棉花少种点,有事情做就行。可是他却非要拉上上十亩棉花,还说,自己动得,不要我们负担。但是你也不要这样拼命哪。这样的日子都这样,那捡棉花的时候,你还不把自己整天都丢在地里。

地里的棉花开得灿烂,红白相间,就像碧波上的点点银光,就像草地上的张张笑脸,那么惹人喜爱。都走到地头了,可是,怎么就看不见父亲呢?"爸爸,爸爸——"我大声地嚷起来。这时,我听到了父亲答应的声音。

我循声钻进棉田里。父亲正弓着背捡着棉花,腰间系着蛇皮袋,鼓鼓囊囊的,每移动一步都显得吃力。两只手却不闲着,熟练地抓住盛开的棉花随手塞进袋里。父亲看着走近的我笑着,打着招呼。黢黑的脸上深深的皱纹颤抖着;白发凌乱地贴在额前;衣服就像从水里捞上来的一样,还结出了盐花。

阳光下,父亲的背影溅起凄惨的白光,坚硬而嶙峋——一种说不出来的酸楚涌上心头。父亲的一生都是在这片洁白的棉花中伛偻着前行的。一天天,一年年,他就像一个倔强的牧民看护着自己的羊群,就像一个固执的渔民守望着自己的鱼塘,不眠不休,不离不弃。父亲啊,父亲!

棉花,就是父亲的花朵,就是父亲的攒钱罐。父亲用自己最虔诚的跪拜来侍弄棉花——育秧,移苗,间苗,施肥,打药,锄草,每一个环节他都一丝不苟,就像培育着襁褓中的婴儿。那些岁月,父亲就是用自己坚定的脚步,羸弱的肩膀种下繁华的棉花,背起一家丰满的希望——我们的学费,过年的新衣,喷香的猪肉,还有久违的微笑。现在,我们都已经成家,他也应该停下奔跑的脚步,和我们一起分享这棉花一样舒适而温馨的生活。可是,山一样的父亲依然像一头倔强的老牛一样默默守护着,坚持着。父亲啊,父亲!

1点多我们才回到家。父亲草草地扒了几口饭,就又坐到了簸箕前剥起棉花。也许是太疲劳了,还没一会儿,父亲就躺在棉花上睡着了——头枕着棉花一动不动地睡着了。他睡得是那么酣畅,睡得是那么沉静。

他侧着身子,躺在灰色的棉花壳上,头枕着雪白的棉花。头上银白的头发根根扎眼;一张脸就像皱缩的核桃沟壑纵横;青筋暴突的手就像枯树枝,上面是道道血口。看着日渐苍老的父亲,我真想摸一摸他粗糙的手,抚一抚他的白发,对着他的耳朵说说心里话,可是,他睡得那么沉,那么香,我又怕惊扰了他的清梦。

在棉花上静静地睡去,父亲的脸上露出淡淡笑意,粲然如盛开的棉花。他是看到了桃红李白的绚丽,还是闻到了油菜芝麻的浓香?是尝到了大米麦子的绵软,还是摸到了蚕茧棉花的和暖呢?我不知道,但是我知道,父亲一定在惦记着他的春种秋收,他的夏播冬藏,不然,他的笑里怎么会飘来丝丝的甜呢?

也许怕打扰了父亲,风顽皮地小跑来;也许怕惊醒了父亲,太阳躲进了云里。在这里,除了父亲均匀而舒畅的呼吸在轻轻地流淌,再也听不到一点声响。

这个世界仿佛成了一种永恒——因为有一朵厚实、热烈的棉花在我的心里霍然盛开。

【摘自《作文与考试·初中版》2013年第19期】

一位油漆工的涂鸦

◎汤小小

66号公路曾经是美国最繁华的交通要道,是梦想与自由的代名词,吸引了全世界成千上万的人涌入。可是如今,随着其它道路的修建,这条路被彻底遗弃了,每天从这里经过的车辆不超过10辆,很多大型商铺再也看不到这里的商业价值,纷纷撤出。现在的66号公路破败不堪,冷冷清清,宛如一片没有绿洲的沙漠。

66号公路旁,有一个叫针城的小镇,这里的人们曾经借助公路的繁华,开酒店、洗车店,日子过得滋润丰满、喧嚣热闹。而如今,面对着忽然冷清的公路,守着无人问津的店铺,他们的心情灰暗无比,很多人甚至筹划着要搬离世世代代居住的小镇。

有一天,一个穿着破烂牛仔裤的中年男人来到小镇的饭店,饭店里只有他一个顾客,静得出奇,他想跟老板打听一些情况,老板却板着一副冷若冰霜的脸。他有一刹那的恍惚,觉得自己好像走入了一个无声的世界。

吃完饭,中年男人没有立即离去,而是跑到对面的油漆店里买了几桶油漆和一把刷子,拎着它们走到饭店的后墙。

此时夜幕已降临,没有人留意这个男人的去向,也没人有兴趣留意,一个偶尔路过的普通男人,和小镇的人们有什么关系呢?

第二天,当人们懒懒散散地走出门,却有了惊人的发现:饭店的外墙被色彩艳丽的图画铺满,画面上,两个外星人从飞船上走下来,满脸微笑地向人们招手,彩云围绕,百花齐放……

人们驻足在饭店外,就仿佛在沙漠中行走多日的人,忽然看到一片绿洲,欣喜、激动,自从小镇衰败,已经很久没有看到如此可爱鲜明的东西了。

而在墙根下,人们还看到了躺在睡袋里睡得香甜的中年男人,这幅画是他一夜的杰作,此时,他一定累坏了。

接下来的几天,墙画像花一样开放在小镇的周围,有玛丽莲·梦露驾驶敞篷车向小镇驶来,有迈克尔·杰克逊在此驻足……

在这些图画里,小镇充满了魅力,一个个星光熠熠的人物,似乎让冷清的小镇忽然变得热闹起来。

走出家门看壁画,成了小镇人最津津乐道的事,更让他们意想不到的是,很多过往的车辆被这些壁画吸引,会在此做短暂停留,这让小镇人的生意有了不少起色。

人们终于意识到,一幅壁画可以改变一座城,他们纷纷邀请中年男人在自己的墙壁上作画。男人满口答应,不过,一幅画要收 500 美元的报酬。

500 美元,只是油漆钱和人工费,和一幅画带来的物质和精神上的收益相比,并不昂贵,人们慷慨解囊,排着队等待。

一个月以后,整个小镇像被施了魔法般,从一个死气沉沉的沙漠,变成了鸟语花香的草原,那一幅幅盛开的壁画,像一个个精彩的故事,吸引着四面八方的游客,小镇宛如一棵被雨露浇灌的树,重新焕发出勃勃生机。

看着一张张热情洋溢的笑脸,中年男人带着满手的油漆,驾着他的旧越野车,驶向了 66 号公路的尽头。

他叫丹罗顿,一名普通的油漆工,喜欢驾车旅游,是针城小镇的沉闷让他萌生了画壁画的念头,他认为,人活着就要就有热情,热情在,生活就有无限可能。

他用一幅画调动了针城人的热情,有时候,改变是一件很容易的事,只要你勇敢地迈出第一步。

【摘自《山海经》2012年第2期】

过接地气的生活

◎孙君飞

我说:等我老了……

老人告诉我:别等,你现在就可以。

据说杨绛在饮食上很节制,少吃油腻,喜欢买了大棒骨敲碎煮汤,再用汤煮黑木耳,每天一小碗。她还习惯每日早上散步、做大雁功,时常徘徊树下,呼吸新鲜空气。

这种节制、缓慢、从容、自然、优雅的生活我好羡慕,等我老了,也要这般体恤自己,又不暴殄天物,看似活得小小的,其实没挂碍,很开阔。

你现在就可以啊!买大棒骨很难吗?细嚼慢咽很难吗?亲近花草树木,换掉体内的浊气很难吗?

是很难,我怎么能捺着性子等待大棒骨在锅子里"咕嘟咕嘟"?像品茶那样小口小口地喝汤?散步的时候如果心不"散",我体会不到散步的妙处是不是?我想呼吸新鲜空气,可是哪里能找到那么多树木?城市里的树木也都在咳嗽呢。

老人说:你要凝神过自己的生活。人的生活难道是从晚年才开始的吗?尝试一下吧,先朝锅里丢一根大棒骨,听一阵"咕嘟咕嘟"再说,没有什么比马上开始生活更重要的了。带好一颗心置身生活,不要自己吓唬自己,能在生活中行动的人才是真正勇敢的人,太怯懦的人没有生活。挤一挤时间总可以吧?不争第一总可以吧?自己当自己的火车头,在自己的轨道上走,但不要快得像过山车,不要让两旁的风景闪成影子好不好?就像你说的,学会让心在生活里散步。附近没有树,你正好可以做些长时间去野外散步的准备,知道自己该丢掉什么,该找些什么,有时候只有远方才能够告诉你生活的答案,等你找到了一颗爱生活的心,远和近都没有关系了。

是的,现在人们过自己的生活是需要勇气的。我不能再等了,应该马上就去过自己的生活,不然该失去多少大棒骨和黑木耳啊。

美食评论家沈宏非说:"人心散了,饭也吃不好了。自从上了微博,我拍菜的水平蒸蒸日上,吃菜的兴趣则江河日下。"这跟老人告诉我的话不是一个道理吗?一正一反讲的都是要我们聚精会神地过好自己的生活。

一个心散着的人,留给生活的影子肯定多些。心散了以后,就要想办法再聚一聚。

卞毓方最近写了一篇短文《空友》,说的是在坐飞机时认识了一位朋友。这位朋友很有意思,每次坐飞机都要记录一下年月日、航班号、座号、出发地、终止地、里程,以及邻座的姓名、职业、地址、电话和别后的联络。为什么要这样?这位"空友"认为"百年修得同船渡",为珍惜这份缘分,一定要仔仔细细地记下来。遇到卞毓方,是他记录的第256个。

他一定是一个懂生活、懂人生,爱自己、爱别人的人。他这个小小的动作坚持下来,不就是在聚人心、聚人气吗?在快速飞行的飞机里,他从容地、慢慢地做着很多大忙人不会去做的事情,在我们听来,难道没有深意吗?他的心悬在高空却依然记得大地上的生活,他的心没有像空气那样变得稀薄,更没有被飞行的冲击力冲散,他做了一件多么有凝聚力的事情啊。他不怕被拒绝,因为你无从拒绝。走下飞机,你若同他一起吃饭,一定会吃得很好很好。

这位无名朋友所谓的珍惜缘分,大概也是我们常说的珍惜今天、珍惜当下、珍惜眼前吧。所以不能等,更不能等到老——你现在就可以,现在就要去买大棒骨。

【摘自《意林》2014年第2期】

编后记

本套丛书在选编过程中，主要参阅了2011年—2013年这三年内出版的报纸、期刊和图书，针对本辑传递"青春、至善、敬畏、智慧"的心意，选取了论点独特、故事精彩的美文，希望能让读者能在阅读当下发现身边的感动、哲理和坚持，汲取其中丰富的精神养分。感谢本辑中众多美文作者为我们提供了如此生动美丽的文字和故事。

由于种种原因，编辑部工作人员无法及时与本套书内部分美文的作者取得联系，秉持着给中小学生提供最好的文学作品的祈愿，美文难弃，未能在一一征询同意的情况下采用文章，特此致歉，望相关作者谅解！同时也希望未能及时联系上的作者或者您的亲友在看到本辑丛书后，请与我们联系，我们将按照国家相关标准奉上稿酬、样书。

地址：*南京市山西路68号颐和商厦21楼E座*
邮编：*210009*
电话：*025-83203215*